KB065327

문학과지성 시인선 509

울프 노트

정한아 시집

문학과지성사

문학과지성 시인선 509

울프 노트

초판 1쇄 발행 2018년 4월 23일
초판 8쇄 발행 2024년 10월 11일

지 은 이 정한아
펴 낸 이 이광호
편   집 최지인 이민희 조은혜 박선우
펴 낸 곳 ㈜문학과지성사
등록번호 제1993-000098호
주   소 04034 서울 마포구 잔다리로7길 18(서교동 377-20)
전   화 02)338-7224
팩   스 02)323-4180(편집) 02)338-7221(영업)
전자우편 moonji@moonji.com
홈페이지 www.moonji.com

ⓒ 정한아, 2018. Printed in Seoul, Korea

ISBN 978-89-320-3094-4 03810

이 도서의 국립중앙도서관 출판예정도서목록(CIP)은 서지정보유통지원시스템 홈페이지
(http://seoji.nl.go.kr)와 국가자료공동목록시스템(http://www.nl.go.kr/kolisnet)에서
이용하실 수 있습니다. (CIP제어번호: CIP2018012051)

문학과지성 시인선 509

울프 노트

정한아

언니, 배고파?
…… 아니.
졸려?
…… 아니.
그럼 내가 만화책 빌려 올 테니까, 그때까지 자살하지 말고 있어!

띠동갑 동생은 잠옷 바람으로 눈길을 걸어
아직 망하지 않은 만화대여점에 가서
『천재 유교수의 생활』을 빌려 왔다.
우리는 방바닥에 엎드려 만화책을 봤다.
눈이 아하하하하하 쏟아졌다.

그 후 20년, 이 만화는 아직도 연재가 안 끝났다. 그건 그렇고,

내 동생을 괴롭히는 자는 처참한 대가를 치르게 된다.

얼굴에서 웃음기가 싹 가신 이들에게 이 시집을 바친다.

2018년 봄
정한아

울프 노트

차례

시인의 말

해설

수국 水菊

잉크가 마르는 동안 나는 사랑했네
부끄럼 없이 꺾은 꽃봉오리 한 채의 수줍음과
그 千의 얼굴을
한 꽃의 일평생 차마
입에 담지 못할 망설임
열 길 물속
다 들켜버린 마음
나 사랑하는 동안 시들고 비틀린
열매 없는 창백한 입술들이여
똑같은 꽃은
두 번 다시 피지 않는 것을;

이 모든 것은 헛되고 헛되었으나
세상은 언제나 완전했네

생일

백합은 희고
장미꽃은 빨갛다

하늘, 파아란 하늘
태극기가 펄럭입니다

무서워
찌그러진 입술 밑에 또 눈썹이 있어

아빠, 사랑해요
엄마, 사, 사랑해요
동생을 부탁한다

이것은 책상이다
사람이 되려거든 사람이 되고 싶어 해라
제페토 할아버지는 피노키오가 돌아오기만을 기다렸
습니까?

난 사람도 아냐

게다가 고아야

나도! 나도! 나도! 나도!
동네 개들이 죄 짖어대기 시작했다

겨울 달

해가 떨어지면 몰려오는 검은 나비 떼
눈을 크게 뜨고 떠오르는 달을 바라봐
컹! 컹!
얼룩진 얼굴
가장 불길한 기억들을 환히 떠올리는 로르샤흐 테스트
투명하든 모호하든
기억엔 표정이 없고
어떻게 보이는지는 이미 눈이 결정했어

가까이 있으면 안 보이지 네 안경의 유리알처럼
삼킬 수 없는 모래알처럼 지껄이는 바람
겨울
서울

왜 아무도 잠들지 않는 거지
너는 이 나비와 저 나비의 얼굴을 구별할 수 있니

언젠가
억양을 지우고 우리는 거울을 볼 거야

거기 있을 아무의 얼굴
이름을 붙여주면
얼핏 미소도 지을 것 같아
거울에도 파도가 일까 거기

나비들이
나비들이
검은검은검은검은 나비나비나비나비가
날개를 접었다 펴며 꿈을꿈을꿈을꿈을
꾸는데

너는 얼룩진 얼굴을 두 손에 담을까
해석할 수 없는 밤이 새어 나올까

봄, 태업

쓰는 일을, 읽는 일을
게을리해도 아무도 벌하지 않고
생각을 중단해도 누구 하나 위협하지 않는
더러운 책상 앞
불빛은 떨어지고 밤이면 길에서
조용히 죽어갈 어린 고양이들의
가냘픈 울음소리

남의 땅이 흔들리는 일에 익숙해져간다
누군가의 선택이 어쩔 수 없는
운명이 되어 모두에게 돌아온다
범람하는 하천처럼 세슘처럼

역사란 불행이란 대박의 행운이란
더러운 것
돈을 좋아하고 돈으로 이웃을 돕는 선의 아무렴,
그것은 팬티처럼 마음이 놓이니까
자기의 살던 곳을 한 번쯤 순례하고픈 향수
사랑, 무엇보다

사악한 흑심 알고 보면
이름 없는 나를 생각하며 천천히 연필심을 가는 일
이게 모두 한마음이라니

도무지 장난칠 맛이 안 나는 날
밥 먹는 일을 등한히 하여도 누구 하나
엄포를 놓지 않는
임투도 등투도 없는
더러운 책상 앞

손 없는 새들이 깃털로 창공을 어루만질 때
죄 없이 부푸는 잎맥의 감탄과 탄식 사이에서

일이란 무엇인가
사람의 일이란 대체 무엇인가

나는 왜 당신을 선택했는가
— 론 울프 씨의 편지

당신은 오늘도 구립 도서관의 같은 자리에 앉아 있더군. 당신은 오늘 생각했다. 공부가 노동이 되고 문학이 상품이 되어버린 현실을. 야근하듯 읽고 쓰다 자기의 공부와 문학으로부터 소외돼도 파업할 수도 없는 현실을. 파업해도 당신 말곤 아무도 타격받지 않을 현실을. 당신은 첫사랑의 두근거림을 잊어버린 권태기의 부부처럼 책임감으로 책을 읽고 의무 방어로 시를 쓰고 있었지. 권태기이후의 사랑에 관해, 그 피로의 미덕에 관해 당신은 미처생각지 않은 듯하더군. 첫사랑의 두근거림을 재연하려당신은 다른 책들을 열심히 들추어 보았지. 어쩐 일인지두근거리지 않았어. 심장의 불수의근이 만족할 만한 해답을 여기저기 찾아다녔지만, 이제 두근거릴 때라곤 죄지을 때뿐. 그래서 당신은 거짓말을 시작했다. 남들을 두근거리게 할 만한 거짓말을. 뭐 어때, 그래도 재밌잖아, 라고 당신은 속으로 중얼거렸지. 재미가 인간을 구원할 수없다는 사실을 당신은 몰랐다. 당신은 당신을 감시할 수없었으니까. 당신은 자기 자신을 증명할 손쉬운 방법으로 옆 사람의 불성실과 위선을 고발하더군. 드라마 주인공으로 사는 일은 지루할 틈이 없는 일. 극적으로 위대해

질 수 없다는 사실을 당신은 몰랐다. 거듭 자기의 거대함을 증명하기 위해 두근거리는 일을 저지르는 건 방화범들의 특기. 안타깝게도, 이제 곧 당신은 무슨 짓을 저질러도 두근거리지 않을 것이다. 어쩌나. 요절하기에도 전향하기에도 늦은 나이. 당신은 기억할 수도 없는 어느 젊은 날에, 세상으로부터 잊히기 두려워 자기 자신을 영원히 잊어버리기로 서서히 결심해버렸던 것이다. 충분히 고독하지 않았기 때문에. 고독 속에서만 가능한, 영혼을 보살피는 일에 등한했기 때문에. 그 작고 여리고 파닥거리는 나비처럼 엷은 것을.

어제의 광장과 오늘의 공원 사이

여의도광장은 보라매광장은
공원이 된 지 오래
우리에겐 공원이 필요했지
그늘이 사생활이 손톱 밑의 가시와 섬세함과
머큐로크롬, 놀란 가슴과 위안의 손길이

도서관 앞에 회관 앞에
나무들이 무성하고 뿌리는 얕다 평화는
숙성 기간이 필요하답니다 오랜 고요가
심오한 의미를 담는 법이죠 하지만

사춘기의 연애편지에 무심코 써놓은 유서에
그대가 환장하게 사랑했던 연애시처럼
정치시처럼
게다가,
그대가 시팔시팔 욕하면서
언젠가 술집 화장실 거울에 주먹질을 했을 때
오지게 쏟아지던

차마 말할 수도 노래할 수도 없는

그, 뭐냐, 거시기가

산책하듯 엷은 평온으로 덮이었을 때

그, 뭐냐, 거시기를

실종된 우리들의 理想이라 불러본다면;

사랑(저런, 저런,)

행복(아니, 아니,)

집 나간 고양이들의 역사(아뿔싸,

한 번도 자기 집에 살아본 적 없는)

프랜차이즈의 예외적 효과에 관하여

나를 믿지 마, 벗들, 나의 변심은 대체로
요일 메뉴처럼 한정되어 있고
주말 결혼식 뷔페처럼 목구멍을 넘기기 힘들지만, 나는

동네 사람들 말을 믿고 동네 사람들은
동네 사람들 말을 믿고 동네 사람들은
프랜차이즈를 선호하지 대량 소독된 냅킨처럼
잘 개어진 3%의 불신은 우리가 감당할 몫

친구, 그걸 적립해도 여기선 사용할 수 없어
지배인은 가장 비싼 요리를 추천하고 있군, 그렇다면

아주 조금 할인해주실 오늘의 요리는 무엇입니까?

아니, 아니야, 나처럼 나를 불신하는 벗들, 지나치게
번쩍이는 합리적인 가격의 식기와 샹들리에와 따그락
거리는 사기
소리가 나는 마음에 들지 않아, 허나
동네 사람들 아니면 누굴 믿는단 말인가 어딜 가도

맛이 한결같아 수상하지만

대량 재배된 슈퍼옥수수와 대량 도축된 돼지고기에
공정 무역 커피로 입가심을 하고 나면 우리는
조금 괜찮은 대량 슈퍼사람 같지
않나 기부라도 한 것 같지
않나 내가 진짜 식당 얘길 하는 것
같나

살금살금 이를 쑤시며 문을 나설 때 우리 몸엔
이 집만의 비밀 특제 양념 냄새가 배지 달큰쌉싸름매
콤하고 새콤짭조름한, 말하자면
모든 것을 뒤섞은 맛을 뛰어넘는 모든 것을
뒤섞은 맛을 뒤섞은 한결같은
이 집에서 우리는
매립지처럼 식욕이 왕성해, 헌데

왜 찜찜한 표정인가 이마에 빨간 딱지 붙은 기분인가
제대로 저당 잡혔나

벗들, 우리는
허기와 무관한 우리의 식욕을 믿을 수 있나 조련된 금
수의 자세로 죄 똑같이 개성적인
무개성의 식사를 즐길 준비가 됐나 이미 즐기고 있나

나를 의심하지 마, 벗들, 나는
동네 사람들을 믿지만 가끔 동네 사람들 말은 수상하
고 동네 사람들은
동네 사람들 말을 믿지만 가끔 동네 사람들도 동네 사
람들 말이 수상하고 동네 사람들은
당분간 프랜차이즈를 선호하지만

동네 사람들도 불신을 적립할 줄 알아 아무도
현금으로 돌려주지도 소멸되지도 않는 포인트는 가끔
다른 용도로 쓰이지 어마어마하게 다른 용도로
용도를 초과하는 동네 사람들은 자기도 모르게 어떤
서두를 쓰기 시작한다;

진짜 식단이 필요해 모든

별들은 폭발하며 태어난다 그걸

내파라고 불러야 하나 외파라고 불러야 하나 최초의

힘은 어디에서 왔을까

아름다움은 협잡에 대해서는 늘 볼셰비키다

시작 메모

아름다움은 협잡에 대해서는 늘 볼셰비키다.

나는 이 문장을 2주 전에 노트에 적어놓고 밤마다 그 뜻을 부풀렸다 취소했다 갱신하는 지랄을 계속했다. 무엇보다, 힘만 센 사람이 처음 굴리는 볼링공처럼 모 아니면 도 모양 굴러가는 저 '볼셰비키'라는 낱말이 왜 튀어나왔는지 명상하느라 거의 아무것도 할 수 없었다.

아름다움이 목적 없는 합목적성이라고 썼을 때, 그 말을 쓴 자는 목적 없이는 아무것도 생각할 수 없는 지경이었을 것이다. 목적을 폭파하고 싶을 정도로 목적에 목매고 있었을 것이다.

목적과 합목적성에 관해 생각하고 있노라면, 신을 확신할 수 없으면서 신앙에 몸 바친 가장 괴로운 수도사의 숭고한 삶을 생각하게 된다. 그것은 국가 없는 충성이며, 친구의 거듭되는 배신 속에서 지키는 우정이며, 동반 관계의 구체적인 모습을 끊임없이 수정하는 연인의 삶이며, 자기가 왜 있는지 알 수 없지만 실존적 책임을 다하는 자의 절도다. 즐거움과 올바름 사이에서, 끊임없는 선택 속에서, 태도가 모든 것을 결정할 것이다. 태도란 무엇인가. 나여, 그대는 그대가 먹고 자고 싸는 목적이 무엇인지 말할 수 있는가. 그대는 목적 없이도 절도 있게 먹고 자고 싸고자 하는 자의 삶을 웃어넘길 수 있는가.

언젠가 목적이 뚜렷하다고 믿었던 시절을 생각한다. 분명한 이분법 덕분에 괴로움이 적었던 시절, 사람들은 자기가 옳다고 확신하는 것을 위해 자기를 볼링공처럼 굴렸다. 하지만 스트라이크가 목적이라면,

틀렸어! 자세가 틀렸다! 벌레 먹은 사과처럼 제 안에 부패의 터널이 나 있음을 아는 자들은 바깥으로 나가는 길이 썩어 문드러진 길이라는 것도 안다. 성자도, 영웅도, 천재도 아닌 우리의 가장 위대한 특질은 우리가 조금씩 썩어 있다는 것이며, 이 썩은 구멍들로 네트워크를 엮는다는 점이다.

자, 나의 벗들, 나처럼 조금씩 썩어 있는 나의 친애하는 원수들, 그러니 우리가 서로의 구멍을 핥아주지 않고 견딜 수 있는가. 그 썩은 부위들을 후벼 파지 않고 견딜 수 있는가. 군침 도는 협잡의 냄새를 언제까지나 미워하면서.

축일祝日

꿀벌들이 붕붕거린다
희고 붉은 꽃들이 재빨리 피어난다
까치가 귀가 아프도록 짖어댄다
대기는 부드럽고 따뜻하다

너는 오늘에 대해서만 생각한다 그렇게
아름다운 네가 죽어야 할 날은 이런 날이다

표적

그의 창밖에 매일 커다란 까마귀가 날아온다

생일에는 그녀가 특별 주문한 진짜 벨기에 초코케익이
배달되었지

오, 이건 너무 검어, 선지처럼 검어서

차마 깨물어 먹을 수 없어

커다란 까마귀는 오후 3시 45분 회색 하늘 아래

비둘기와 다른 까막까치들을 거느리고 동네에서 가장
높은 피뢰침 꼭대기에 앉아

가다를 한껏 부풀리며 윤기 흐르는 긴 외투를 가다듬
는다

아아, 까맣게 모르겠어

녀석이 어딜 보고 있는 거지? 눈이 어디에 있는 거지?
있긴 있는 건가?

새 모양 펀치로 하늘을 뻥 뚫어놓고

여장 남자 같은 목소리로

가아!

가아!

다아 꺼져버리란 말이야!

그가 잡고 싶은

그가 되고 싶은

녀석은 압도적이고 신경질적인

파시스트를 닮았다 진짜 남자를 닮았다

어떻게 저렇게 무거운 요구가 하늘을 날 수 있나?

저 각 잡힌 긴 외투를 한 계절만 빌릴 수 있다면!

냉장고에 넣어둔 그녀의 생일 케익은 까맣고 무겁고

미안해 고마워 사랑해

라고 씌어 있다

어떻게 이렇게 까만 걸 먹을 수 있지?

녀석은 정말 속살까지 까말까

먹어치우고 싶어 매일 꺼내어 보고

먹어치울까 봐 언제까지나 커팅을 미루고 있는

아무리 기다려도 녹아내리지 않는 까만 생일 케익

비문증飛蚊症이 꿈속까지 그를 따라온다

충치처럼 까만 생일 케익이

겨울이 올 때까지 그를 깨물고 있다

성聖 토요일 밤의 세마포

여기 구겨진 울음이 찍혀 있으니
자기 멱살을 잡고 자기를 물 밖으로 끌어내는 사람처럼
끝내 그는 자기 밖으로 새어 나갈 수 있을까

아직도 그는 고백이 부끄럽고
고백이 부끄럽다는 이 고백이 누가 될까 봐
빨간 얼굴 속에 눈 코 입을 묻어놓고
그는 또 묻는다
물음을 벗어나는 일의 가능성과 의미에 관하여
그의 질문과 상관없이 그의 무덤 안에 떠도는 저 먼지
하나하나까지도
남김없이 등록되는 오늘의 치밀함에 관하여

지금은 작성되고 싶지 않아
실현된 계시의 일부가 되고 싶지 않아
답을 바라서가 아니라
구원을 위해서가 아니라
오직 이 빨간 망설임 때문에

비로소 아무도 따라오지 않는
오로지 자기 자신으로 가득 차 소란한
귀먹을 듯한 적요 속에서

끝내 그는 그를 자기 질문에 답으로 내어놓을 수 있을까
그의 얼굴이 그의 입에 먹히기 전에
고백하자면
고백이 그를 그 아닌 것으로 붙박아놓을까 봐
통성通聲으로 증언으로 누가 될까 봐

먼지는 사람이 되고 사람은 다시 흙이 되지만
아무도 그 전 과정을 지켜볼 수 없으니
그래서 불러보는
과학자, 시인, 하느님
존경해 마지않는
나이가 무지하게 많으신 분들이여

될 수 있으면 그의
수치와 졸렬은 무시하시고

그의 빨간 얼굴에서
그의 골격과 날마다 쇄신하는 죄악의 대략과
그의 영혼의 방사성 동위원소와 탁도濁度와
찌그러진 눈 코 입의 윤곽을 어서 발본해내소서

거기 누가 구긴 울음이 음화陰畵로 찍혀 있다
자기를 용의선상에서 제외하지 않으려고
그는 밤새 자기 지문을 외고 있으나

아무래도 낯선 소용돌이여!
이 정황의 출구는 어디에 있는가
자기도 모르게 신비는 어떻게 유출되는가
이제 곧 성사聖事가 시작된다

(단독) '울프 노트'의 잃어버린 페이지
— 자신이 흡혈귀라 주장한 어느 수도사의 자술서, 혹은 그는 자꾸만 뒤늦은 현장 감식을 요구했다

지난해 경칩에 쏟아진 때 아닌 폭설에 노상에서 동사한 것으로 알려진 론 울프 씨(Lonne Wolff, 나이 미상)가 생전에 수기와 편지 형식으로 기록해놓은 비망록 초고가 지난 12월 23일 밤 지하철 2호선 을지로입구역 화장실에서 비품 창고를 뒤지던 한 노숙인에게 발견되어 화제다.

동료들 사이에서 '순하지만 좀 돈 놈'으로 불리던 노숙인 정 씨(무직, 나이 미상)는 노트를 발견하고 "내가 바로 그 사람이다!"라고 외치며 갑작스레 발작 증세를 보여, 태평로파출소 소속 이거지 순경(李巨志, 27)의 도움으로 쉼터로 옮겨졌으나 직후 실종되었으며, 노트는 생전에 지인들에게 보낸 엽서의 필적과 대조한 결과 론 울프 씨 본인의 것으로 확인되었다.

한때 울프 씨와 사실혼 관계였다던 유 아무개 씨(무직, 36)가 울프 씨로부터 노트의 소유권을 구두로 약속받았다고 주장하고 나섰으나 노트 말미에는 절친했던 두 친구의 공동 소유를 명시하고 있어 분쟁이 예상된다.

한편, 경찰은 작년 3월부터 한 달간 마지막 목격 장소인 명동에서 탐문 수사를 펼쳤지만 "눈사람 말고는 아무도 보지 못했다"는 제설 차량 운전자 구루마 씨(具褸馬, 47)의 진

술 이외에는 아무런 단서도 확보하지 못한 채 시신을 찾지 못한 상태에서 수사를 일단락했다. 울프 씨의 지인들은 "태만한 공권력이 실종 사건을 사망 사건으로 기정사실화하고 있다"며 수사 조기 종결을 우회적으로 비난하면서도 수사 재개를 요구할 생각은 없는 것으로 알려졌다.

이번에 발견된 이른바 '울프 노트'에 관해 각 종교계에서는 "울프 씨는 삭막한 현대 생활에 지친 대중이 만들어낸 도시 괴담의 일부일 뿐, 그가 수도사였다는 것은 허위이며" "노트는 망상에 가득 찬 허구로 전혀 신빙성이 없고" "그는 미치광이인 데다 여러 번 미수에 그친 반사회적인 삼류 테러리스트로서 언급할 가치도 없다"며 관련성을 적극 부인했다.

아래는 노트를 임시 소장하고 있는 울프 씨의 친구 스테판 씨(시인, 36)의 단골 카페 '라임 스트리트'(강서구 화곡6동) 쓰레기통에서 발견된 뜯긴 페이지로, 스테판 씨는 노트의 공동 소유권자인 엘리아스 씨(대학 강사, 36)와 함께 "론이 감기약과 진통제를 혼합하여 과다 복용하던 당시 극도의 심신 쇠약 상태를 반영하고 있어" 이 부분의 공개를 여러 차례 거부한 바 있다.

➤ Weekly Fang's Korea 정한아 기자 기사 최종 입력 2012-01-31 01:13

증거가 사라지기 전에
저 숲으로 들어가야 해
거기에서 굴참나무 잎과 너도밤나무 잎이 무엇을 보았
는가
노루오줌과 조는 척하던 멧비둘기가 무엇을 엿들었는가

거기서 분명 뭔가 버둥거리고 있었네
그건 혹시

해 저문 뒤 집 나간 고양이의 행방
180도 고개 돌린 올빼미의 집요한 발톱 자국
그곳에서 들린 단 한 번의 외침이
무엇을 의미했는가 오, 눈부신 혼절

아, 그래, 그건 마녀였네
내 어깨를 깨물길래 나는 동공이 커졌더랬지, 그리고

그리고 무슨 일이 일어났던가?

오늘 아침에도 평소와 다름없이 온몸을 던져 종을 쳤네
새벽 기도와 아침 기도와 저녁 기도와 밤 기도
할 수 있는 모든 기도를 다 했어
그런데 어째서 내 손톱 밑에는,

거기, 송곳니가 뾰죽한 자네, 내게 펜 좀 빌려주겠나?

아, 그래, 나는 죄를 지었어
뭔지 모르지만 분명 죄를 지었네
부러진 나뭇가지들이 울컥거리는 숲으로
증거가 사라지기 전에 들어가야 해
그러니까, 그게
아무래도, 그건

우연히 혓바닥을 포획한 여우의 무고한 도주
어쩌다 가슴을 밟고 간 들개의 무연한 산책
풀들이, 풀들이 한 방향으로 누워 있는데
풀들이 왜?
왜? 한 방향으로 누워 있는데

거기 떨어져 있는 두 팔의 주인은 누구인가
여울은 왜 허름한 그림자처럼 울고 있는가
어제의 것인가 만 년 전의 것인가 내일의 환영인가

왜 나를 포박하지 않나
기억은 안 나지만 분명 무슨 일이 벌어졌는데

자, 보게!
여기 이 창백한 얼굴과 더러운 손톱
여기 이 헝클어진 머리카락 새에 스며든 붉은 입김과
이슬에 젖은 복숭아뼈에
빗살 무늬로 새겨진 알 수 없는 찰과상
뿐인가!
가끔 내 이빨은 내 입술을 뚫고 나오네, 게다가
  저 처음 듣는 낯익은 목소리가 내 고막에 대고 계속 종
을 쳐대길

하나와 둘 사이의 끝없는 진자 운동!

하나와 둘 사이의 끝없는 진자 운동!

더군다나
나는 이렇게
배가 부르단 말이야

그럴 리가 없는데
배가 불러

이게 그
움직일 수 없는 증걸세

오, 붉은 만월滿月
동그랗게 입술을 벌린
그날의 그늘진 얼굴을
아무도 증언하지 않는다 해도

분명 무슨 일이 벌어졌는데

말해주게 제발

대체 내가 무슨 짓을 한 건가?

대체 내게 무슨 짓을 할 건가?

독감유감 2

우리는 가장하지 않을 수도 있겠지. 혹은 우리는 사랑 같은 것은 환영이라고 부를 수도 있겠지. 체념하지 않고 포기하지도 않고 그런데 실상은 얼마쯤 체념한 채로, 상당 부분 포기한 채로, 이게 그거야,라고 말할 수도 있겠지.

하지만 너는 알아. 너는 사랑한 적이 있어. 환영은 의외로 생생하고 복잡한 것이어서 때로 일생을 지배하기도 하는 거라. 이상한 일이야. 그런 환영에 도의를 지키려고 너는 끊임없이 망설이고 있네. 귀신이 된 남편에게 미안해서 수절하는 청상과부처럼, 없지만 사실적인 대상을 향한 이 난폭한 감정은

신의 모습을 허용하지 않는 어떤 유일신교의 신앙처럼 여겨지기도 해. 절대적인, 완전한 진리, 우주적인 10차원의 사랑을 믿어서 너는,

답답할지도 몰라 멍청할지도 몰라 어쩌면 광신도처럼 눈빛이 살짝 이상할지도 몰라

우리는 가장할 수도 있을 거야. 혹은 우리는 사랑이 정말 있다고 믿을 수도 있을 거야. 체념하고 포기하고 그런데 실상은 완전히 체념하지 않고 정말로 포기하지 않고, 이건 그게 아니지,라고 말할 수도 있을 거야.

말을 바꿔봐야 그리 다르지도 않아. 중요한 건 네가 안다는 거야. 너는 사랑한 적이 있어. 있지도 않은 너의 유일한 사랑에 대한 존경과 예절 때문에 너는 언제까지 더러운 고독을 감당할 수 있을까?

아무에게도 미안해하지 않겠어, 결심하면서, 너는 전속력으로 뒤로 달려가는 거야. 달리고 달려서 너의 이십대와 십대를 지나, 너의 탄생과 현생인류를 지나 화석에까지 닿는 거야. 너는 드디어 시조새의 이빨과 깃털. 너는 언젠가 돌멩이였던 평온. 나무가 된 다프네의 굳어가는 입술에 입 맞추는 햇살.

우리가 우리를

아름다운 사람들은 모두 숨어 지내는 계절
두려운 것은 한 음절의 낱말들
손가락질하다의 손, 씹다의 입, 흘기다의 눈
아름답던 사람들이 심장을 벗어서 바위틈에 숨기고
거북이 옷을 입고 거북이 옷을 입은 다른 이들이 진짜
거북이면 어떡하지,
의심하는 밤

아름다운 심장들은 따로 따로 바위틈에서
쿵 쿵 쿵
빈 몸으로 두근대는데
거북이 옷은 점점 품질을 개량 중
아름답던 사람들은 질기고 값싸고 비싸 보이는 거북이
옷을 입고 이젠
진짜 거북이가 아닌 것 같아 보이면 어떡하지,
식은땀을 흘리는 밤

입이 없는 아름다운 사람들은 뻥 뚫린 어둠을 어루고
귀밑까지 붉어지는 밤

태풍 속에서 계획하고 태풍 속에서 실행해야 할 밤
우우우 입 닥치는 폭풍우 속에서

둘의 진화
— 효인에게

"둘보다 어려운 것은 아무것도 없으며, [……]
인간의 가장 높은 의무는 둘과 둘의 사고,
둘의 실행을 접합시켜 생산하는 것이다."
— 알랭 바디우

아무도 모르지
네가 어린 시절 묶여 있던 작은 섬의 나무가
이제는 베였는지
베인 둥치에서
뾰족한 잎이 돋았는지 둥근 잎이 돋았는지

아무도 모르지
네가 상경한 뒤
다리란 다리는 죄다 건너면서 한강을
서울이 아니라 한강을 다 외어버렸을 때
네 눈 속에 담긴 저물녘 강변에 드리운
붉고 푸른 빛의 농담濃淡과 반향을

아무도 모르지
너와 네 살뜰한 오랜 연인이
호숫가에서 인문관 벤치에서 때로 자기만의 방에서
속엣말로 귓속말로 고함으로 서로에게 던졌던 말들이
얼마나 뾰족하고 또 한없이 둥글었는지

내가 본 건 다만
뭍에 닿자마자 순식간에 지느러미가 발이 되는
엄청난 진화 속도를 가진 고래의
필사적인, 불타오르는 눈동자와
그 눈동자 깊숙이 숨겨두고 빛나던
뾰족한 의지와 둥근 연민

아무도 몰라
두 사람이 이제 막 짓기 시작한 땅콩만 한 미래가
부풀어 올라
마구 부풀어 올라
그 부력으로 모두를 어디로 데려갈지
거기 얼마나 더 푸른 풀밭이 펼쳐질지

이제 너는 막 발 달린 고래가 되었고
필요하다면
날개라도 발명할 태세다
너의 다음번 진화는 이제
아름다운 협력이 책임진다

조금 있으면 쏟아질
박수와 축하의 말과 피로연
그 너머에 있는
아직 알려지지 않은 것들

지치지 말고
달관하지 말고
오랫동안 거듭 풍기어다오

이 작고 단단한
아주 괜찮은 사람들의 연방聯邦,
지금 네 개의 눈동자가 보고 있는

공통의 꿈, 그 색채와 음향의 세부細部를

둘의 비약과 진화의 내용을

샬롬

언젠가 양가죽 구두를 가진 적이 있다
양가죽은 너무 부드러워
나는 내 천성대로 양가죽 구두를 매일 신고
양가죽은 너무 부드러워
양가죽 구두는 곧 발 모양으로 변해버렸지
양가죽은 너무 부드러워
삐뚤어진 발 모양으로 해지고 낡아
이내 더는 신을 수 없었네
어쩐지 미안해서 버리지 못하고
양가죽 주인은 어디 있을까 생각하는 저녁

나는 언젠가 신촌 모퉁이 화교 부부가 운영하는 양꼬
치 집에서
칭다오 맥주와 함께 냠냠 삼켜버린 양꼬치들을 기억하고
아아, 보드랍구나, 헤어진 양띠 엄마가 어느 겨울에
내 목에 둘러준 양털 목도리를 떠올린다

양은 부드럽고
양은 고소하고

양은 따뜻한데

내 낡은 양가죽 구두가 아직 양이었을 때
얼굴은 어떻게 생겼었을까

양들은 마지막 날에도 부활할 수 없겠지
양들을 위한 천국 따위는 없다고 하니까

예의 바른 아이슬란드 사람들은 손님이 오면
반드시 양 머리를 삶고
양 눈을 손님에게 첫술로 떠 준다 한다
그러면 손님은
반드시 접시를 비우고
양 머리에 뻥 뚫린 어둠을 응시할 것

안녕하세요, 메에에
반갑습니다, 메에에
많이 드세요, 메에에
고맙습니다, 메에에

아이구, 뭘요, 메에에

애처롭고 가냘프게 평화의 인사를 나눌 때
우리는 약간 착한 사람들 같은데

양들은 마지막 날에도 부활할 수 없겠지
양들을 위한 천국 따위는 없다고 하니까

개나 소나 다 가는 천국이라는데

생각하면 조금 슬픈 것 같다

대장장이

누굴까.

맨 처음 쇠를 구워보자고 생각한 사람은.

그는 시커멓고 땀으로 번들거리며 웃통을 벗고 있고

정교하고도 힘찬 손놀림으로 불과 냉수 사이를 오가며

아름다울 금속 물질을 단련시킨다.

그것은 값비싼 금이나 은이 아니라 강철이다.

이 차갑고 단단하고 정교할 사물을 만들기 위해

오늘도 그는 뜨겁고 검게 빛나고 있다.

그의 눈빛은 신념으로 가득 차 있을 것이다.

입은 굳게 다물어져 있을 것이다.

싸구려 말로 천 냥 빚을 갚으려는 자들과 달리

딱딱한 침대에서 잠들 것이다.

그러나 그는 개의치 않으리라.

대장장이의 아내

지금 막 주조해낸 반짝이는 작은 동전
나는 이것을 혼자 비밀스럽게 만지작거릴 수도 있고
당신에게 건네줄 수도 있고
당신은 그것을 혼자 비밀스럽게 만지작거릴 수도 있고
그나 그녀에게 건네줄 수도 있고
그나 그녀는 그것을 혼자 비밀스럽게 만지작거릴 수도
있고
위조할 수도 있겠지
누가 만지작거리든
언젠가 닳을 것이 분명한 차가운 동전

누구나 가지고 싶어 한 번쯤 어루만지는
누렇고 반짝이는 금으로 만들지 않았지
그것은 빨리 닳으니까
쉽사리 검어지는 은으로도 만들지 않았지
그것은 독에 약하니까
이것은 녹슬지 않고 구부러지지 않는
강철로
강철로 만들어졌다

꿈속에서
담금질하고 두들기고 때리는
불길에 비추인 대장장이의 검은 얼굴은
땀에 번들거리고 있었어
물과 불로 철을 오가며 마치의 각도와 힘과 평정을 다
스리는
그의 정신의 근육은
그가 만들어내는
숫자가 새겨지지 않은 작은 동전처럼
그 단단함을 측량할 수 없었으니

그는 딱딱한 침대에서 잠들었으나
개의치 않았지

그가 잠들 때에만 식은땀을 흘리며 깨어났으므로
나는 그를 만날 수 없었네
지금 내 손바닥 위에서 빛나고 있는 건
그가 꾸는 꿈

나는 한동안 이것을 들여다보고
혼자 비밀스럽게 만지작거리고
당신에게 주어버릴까
불 속에 다시 던져버릴까
잠든 그의 얼굴에 물어보지만

어쩌나, 그의 벌어진 입에 방금 만든 동전을 넣고 염해
보아도
염병할 시신詩神은 건강한 노동자처럼 태평하게 코를
곤다

나는 그를 사랑하고
그는 숫자 없는 강철 동전을 사랑하고

그렇지만 숫자 없는 강철 동전은⋯⋯
어라? 앞뒤에 그려진 이 그림은⋯⋯
게다가 가장자리에 조그맣게 씌어 있기를,

아아, 그러나 이제하관! 그래가 남 좋은 이없이 내 절표인 것을!

(아이 썅, 저 사탄을 콱!)

던지면 언제까지나 부서지지 않을 것 같은
땡그랑
아름다운 소리가 난다

샬롬 2

웃지 않는 여자 거지 김태희가 나는 좋아
김태희는 만두 가게 청년들이 붙여준 이름
밤새 축구 보고 감자탕집에서 나오다 만난 김태희는
역전 벤치에 양반다리로 앉아 해돋이를 보고 있었네
집이 없는 김태희
신들린 김태희
만두 가게 청년이 사 주는 만두를 먹고
웃지도 울지도 않고 옛 구로공단 근처를
종일 길고양이처럼 배회하는 김태희
정치와 무관한 김태희
미학과 무관한 김태희
쓸데없이 너무 많이 웃어서 무서운 사람들 속을
웃지도 울지도 않고 돌아다니는 여자
만두 가게 청년들 대신
멍청한 낙하산 지배인을 욕해줬다는 김태희
겨울이면 동네 작은 교회에서 밤을 누인다는 김태희
하지만 정확히 어느 교회인지는 알 수 없다는데
폭설이 내린 어느 날엔
보이지 않았던 김태희

그러다 몹시 추운 날엔 누가 준 목도리에 장갑 차림으로
눈앞에 불 켜지듯 나타나는 김태희
자기만의 복지 체계를 가진 김태희
온 세상이 자기 집인 김태희
만두 값으로 잠언을 지불하고
모든 사람과 반말하는 김태희
하느님과도 반말할 김태희
종교와 무관한 김태희
교회에서 자는 신들린 여자
웃지 않는 여자 거지 김태희가 나는 좋아
김태희는 만두 가게 청년들이 붙여준 이름

(단독) 추문에 대하여
— 울프 씨의 주치의 감청 내역

물론입니다. 남편분은 죽었습니다. 친구분 전화를 받고 제가 직접 명동에 제 차를 끌고 가서 사망 진단을 내렸어요. 저는 의사란 말입니다. 동사예요, 동사. 동사가 뭔지 아시죠? 얼어 죽는 거 말예요. 아뇨, 명사는 이름 땜에 죽는 거고 형용사는 구체적으로 죽는 거죠. 남편분은 얼어 죽었어요.

아, 당연히 파지실로 옮기려고 했죠. 그러기 전에 댁에 전화를 드렸는데 사모님이 전화를 안 받으셨잖습니까. 그래, 제 차 뒷좌석에 울프 씨를 태우고, 아니, 시신 말이에요. 그, 누구야, 다음 날 아침 일찍 강의가 있어서 가야 한다면서, 엘리아스 씨는 택시 타러 가고, 스테판 씨가 제 차 조수석에 타고 파지실로 가려고 했단 말입니다. 근데 갑자기 함박눈이 어찌나 쏟아지는지, 명동 한복판에서 차가 자꾸 미끄러져서 밤바가 아주 다 나가고 난리도 아니었어요. 근데 바퀴는 자꾸 헛돌지, 날은 춥고, 때마침 라지에타도 터지고, 전 아주 미치고 팔짝 뛰겠는데, 체인을 감으려고, 제가 트렁크에 마침 그게 있었거든요, 그거 없었으면 어쩔 뻔했습니까, 근데 스테판 씨는, 그, 뭐, 남

56

자가 돼서, 도와줄 생각은커녕 눈 위에다 오바이트를 하고 눈물이 글썽글썽해서는 뭐라 뭐라 중얼거리면서 미친 사람모냥 횡설수설을 하드란 말예요.

아니, 사모님, 울프 씨를 목격했다는 사람, 그거 생판 거짓말이에요. 스테판 씨가 신경쇠약 발작이 나서 제가 진정을 시킨다고 그, 저기, 당구장인지 볼링장인지 계단에 앉히고 담배 한 대 물려주고 그러는 동안에 시신을 도둑맞긴 했지만, 벼락을 맞을! 아니, 사모님 말구요, 그 도둑놈들이요. 제설차는 동트고 한참 후에나 왔으니까 운전사가 목격했을 리 없다고요. 조작이라니, 말도 안 돼요.

그걸 어떻게 압니까. 세상엔 별의별 도둑놈들이 다 있는데. 그건 사모님이 울프 씨가 돌아가신 걸 인정하시지 않으니까 그런 거구요, 제가 확인을 했어요. 수사 재개는 억지라고요. 이건 살인 사건이 아니에요. 실종도 아닙니다. 시신 탈취라고요. 추문이에요, 추문. 이제 좀 받아들이세요.

아이고, 울프든 볼프든 아무튼 남편분은 돌아가셨어
요. 남편분 일기장에 있는 글귀 가지고 저를 괴롭히시면
안 됩니다. 부활이니, 휴거니, 늑대인간이니, 흡혈귀니,
그게 다 뭐예요. 저는 그런 초자연적인 믿음에 관해서는,
아, 진짜 미치겠네, 남편분이 예수라도 된답니까? 거, 그
강사라는 친구분은 뻔히 집에 가기 전에 봐놓고 왜 그런
헛소리를 하실까?

아뇨, 특정 종교를 모독하고 싶은 생각은 없습니다. 저
도 집삽니다.

그런 문제라면 당국에 정식으로 민원을 제기하세요.
그거야 사모님 자유지만, 그날은 명동 일대가 정전이고
눈도 워낙 많이 오고, 해서 당장 신고했어도 아마 찾기
힘들었을 거예요. 제 차 수리비 청구하지 않은 것만도 다
행이라고 생각하세요. 제가 드릴 수 있는 말씀은 여기까
집니다. 그럼 저는 해부학 수업이 있어서 이만,

계명啓明
―비애의 대가를 바라보는 다른 눈

04:54 실황 시작
내일도 공연은 있겠지만 아마 다른 곡을 연주할 예정
보컬이 바뀔지도 모름

오늘 직박구리는 피치가 좀 강하군
하지만 어떤 직립한 머저리들보다도 노래를 잘한다

그녀는 언제나 새들이 운다고 말했었지
자기 성대가 악기인 줄도 모른다는 듯이
얼굴도 붉히지 않고 그런 부끄러운 말들을 했었다

오늘 잼은 취소되고 독주뿐
다른 멤버들은 숲에서 나오지 않은 것이다

기나긴 서곡이 해 뜨기 직전의 강서구청 사거리에 울려 퍼지고 있다
젖은 구름 밑에 불면증 환자의 실핏줄 터진 눈처럼 퀭한 가로등
알지 못할 의무에 취해 있는 자각몽

그리고 움직이는 집들의 이상한 이름들이 점멸하는 빛
속에

스미고 사라지고
스미고 사라지고

인류가 멸망한 뒤의 하느님은 쓸쓸할 테지
뭐 어때 저 녀석은 누구보다도 노래를 잘하는걸
하지만 사흘만 더 들으면 지겨워 견딜 수 없어

목소리가 없는 그는 결심한다;
누군가 울려야겠다

거짓말처럼 빛이 생기고
남자와 여자 들이 눈을 뜬다

아침마다

허리띠처럼

혓바닥처럼
매끄러운 유혹이 가수를 먹어치우고
변주가 심한 미묘한 울음소리를 들으러 온다

그는 귀가 몹시 발달한 것이다

자기가 병조림이라 믿은 남자

이즈음에는 사람들이 자꾸 제 표정에서 원산지를 읽으려 합니다
그럴 거면 마빡에 의무적으로 바코드를 박았으면 좋겠어요
유통업체도
제품명도
듣도 보도 못한 오래된 성분과 함량도
그러면 가려서 다 발라 먹고 뒈질 텐데

아니, 아니에요
감히 공자의 생활난을 패러디하다뇨
알 수 없는 용도가 변경도 안 되고
인수 뒤에 알고 보니 주인이 따로 있는
먹어서 배부르면 그만인
원산지가 자주 바뀌고 포장지를 갈아입는
머리에 털 난 짐승들 이야기예요 정말이지
전 다 나았어요 전 더 이상 저를
병조림이라고 생각하지 않아요
인간의 성분은 지구의 성분과 동일하죠

우린 모두 46억 살이에요

46억 년 전에 여기 담겼다구요

자꾸 불량품을 탓하는데 문제는

컴퍼니라고 코퍼레이션이라고 페더레이션이라고들

합디다

(늬 스마트폰이 널 그렇게 가르치디?

이 시의 제조번호가 궁금한가?

그보다, 가격은?)

빈 병으로 유토피아를 만들 수도 있을까요?

그건 재활원일까요?

약은 약사에게 진료는 의사에게

저는 왜 자꾸 이런 문구들이 켕기죠?

취급 주의

깨뜨리면 사야 함

이 제품은 교환, 반품이 불가합니다 양해 바랍니다

첫사랑

한밤의 어둔 소나기가 몰고 오는
증폭된 침묵
한 방울의 죽음도 비참하지 않은

삶의 날카로운 틈에 죽음을
책갈피처럼 끼워 넣고 너는
그 페이지의 여백에 이상한 메모를 남겼다;

느닷없는 진담과
심혈을 기울인 농담
계산되지 않은 서사 구조
지리멸렬한 반전의 연속
갑작스런 암시, 그러나

이 모든 엉성함을 뛰어넘는
후회 없이 깊은 폐광으로 떠난 잠수부의
위험한 영광에 찬 단 한 번의 모험

오랫동안 속으로 타오른 우리는

빛나는 한 덩어리의 광물이 되었으니

끝까지
더 끝까지

가장 뜨거운 별은 푸른 별
거기에 닿으면 재가 되리라

개밥바라기*

비 그친 오늘 저녁엔 개밥바라기가
모자를 벗고 까딱, 목인사를 합디다
아아, 참말로 긴 우기雨期였어요, 나는
지붕 밑에서 나와 손을 내밀었지요
마는, 그는 또 그렁그렁한 눈으로
까딱, 목인사만 합디다
젖은 나뭇잎들이 고개를 끄덕일 때마다
차갑고 정중한 안부가
투닥, 투닥, 흩어졌습니다

나는 온몸이 성대聲帶인 것처럼
컹! 컹!
부러 짖어보았지요
나는 입술이 검지만
보이냐고, 나는
멀어서 아름답고
멀어서 쓸쓸해진 당신이
무언가 참고 있는 것만 같다고

내 방엔 아직 젖은 짚 더미처럼 케케묵은 일상이
우우우 낭자하고
죽어가는 매미는
후들거리는 다리로 창문을 두드린다고
죽어가는 매미의 마지막 울음소리는 꼭
다친 개구리 울음소리 같다고

내가 겨우 컹, 컹, 짖을 때
내 땀구멍들은 모두 하아, 하아, 입을 벌리고서
안녕?
인사하고 있다고
내 터럭들은 모두 일어서서
하! 하! 하!
웃고 있다고

멀어서 아름답고
멀어서 쓸쓸한 그가
알아볼 리 없겠습니다만

그가 참고 있는 것이
웃음인지 울음인지 비명인지
분간할 수 없었습니다만

입술도 목소리도 없는 그가
내게 모자를 건네주려는 순간을 나는
아차! 그만 놓쳐버리고 만 듯합니다

죽어서 별이 된 사람들과
죽어서 사람이 된 별들 사이에서
허기가 내내 가시지 않았습니다

* 아침에 뜨는 금성을 샛별, 개들이 허기지는 저녁 무렵에 뜨는 금성
을 개밥바라기라 부른다.

편도선염을 앓는 벙어리 神의 산책로

당신과 오솔길에서 마주친 그는
고통의 역치가 지나치게 높은 것이 틀림없었습니다
고양이가 그의 혀를 물어 갔으므로
누구라도 그에게 비밀을 털어놓지 않을 수 없었지요

텅 빈 눈
게슴츠레한 눈
충혈된 눈
반짝이는 눈

그런 작은 한 쌍의 눈들은
실수로 숲에 들어왔다가는 황급히 발길을 돌리게 마련
이지요
거기엔
휴식보다
상상보다
너무 많은 것들이 있거든요
직박구리 박새 멧비둘기 노루오줌 산동백은 물론이고
등산객 탈영병 신분증 없는 시신 낡은 소매의 실업자

빨간 모자를 쓴 해병 전우 난폭한 걸인 죽을 자리를 찾으
러 왔다가 신선한 공기에 기분이 좋아져 급히 하산하는
실연한 청년 그러나
　　우는 눈,
　　상수리나무에게 꿀밤을 맞으며 오래 울고 있는
　　벙어리 신이야말로 가장 기이한 풍경이지요
　　당신은 그의 생각을 알 수 없으며
　　무례하게 안아줄 수도 없습니다
　　고양이가 그의 혀를 물어 갔으므로
　　증언할 수도
　　욕할 수도 없는

　　진눈깨비
　　막바지에 다다른 활엽수림의 낙엽 무더기가
　　붉고 노란 비명을 지릅니다
　　젖어서 왁왁 쏟아집니다
　　길을 잘못 들었다가
　　당황한 눈으로 이미 무언가 쏟아진 당신은
　　돌아서는 순간

등 뒤의 숲이 더 이상 존재하지 않게 될 거라 믿고 있
습니다
젖은 도시의 아스팔트는
진눈깨비에 젖어 두 배로 휘황하겠지요
배후가 없는

당신의 눈꺼풀은 오늘 밤도
안도하며 당신의 눈을 삼킬 겁니다
실수로 새벽에 깨어 자기 얼굴과 마주치지 않는다면
아무것도 보이지 않고
아무것도 들리지 않게 되지요

그는 어제 젖은 상수리나무 아래
이마의 혹을 오래 쓰다듬으며
우연히 마주친 당신의 이름을 발음해보려
밤새 낑낑거리고 있었습니다

영도零度
—겉보기와 달리

모든 일은 오늘 일어난다

無始無時한 사람들과 나는 지낸다

於思無思한 사람들과
그대와 지낸다

믿을 수 없다 여기는
하늘의 딱 한 발 아래
무저갱으로부터 딱 한 번 뛰어오른 곳

피지 않고 봉오리째 시드는 꽃들과
(저 꽃 이름이 뭐더라?)
말라도 떨어지지 않는 작년의 낙엽과
(저 나무 이름이 뭐더라?)

천천히 늙어보자고 산책로를 걸어 돌면
여기는 하늘의 한 발 아래
사계절이 분명하다는 곳

맵고 짜고 견딜 만한 곳

당신은 재빨리 내일의 계획 속으로 도망합니다

오늘이 당신을 천천히 따라가고 있다
저렇게 무거운 게 하늘을 날다니!

조형 가능한 물질 속에 나는 지낸다

이름이 가물가물한 사람들은
눈과 발이 검은 새가 되어
거듭
돌아와 맴돈다

녹아내리는 조립식 완구의 완벽한 세계(뛰고 달리고
구부리고 앉고 집어 올리고 매달리고 미끄러지고 집도 짓고
불도 끄고 아픈 사람 도와주고 멋진 자동차로 어디든지 가
고 우주를 날으는*)
분리 직전의 영혼(아니, 우리 영혼은 피와 물을 쏟다가

육신에 들러붙어버렸어!)

　위태로운 안락(그녀는 원칙이 너무 뚱뚱해서 휴거/수거
될 수 없을 것이다?)

　익숙한 공포(스읍! 살 것 같아)

　나를 쪼지 않고
　깃털 몇 개를 떨어뜨리고 어디로 가는 검은 새

　無始無詩한 사랑하는 사람들과 나는
　잘 지낸다

　於思無思한 사람들과
　거듭 알아가는 그대와 지낸다

　그것은 하나의 물비늘과 또 하나의 물비늘처럼
　다르고
　같고
　무섭고
　아름다운 일

아직 이름이 없는 올여름의 태풍

이름만 없는 올여름의 태풍

모든 일은 오늘 일어난다

* 1980년대에 (주)영실업이 수입한 완구 '영플레이모빌'의 광고 노래
가사.

성찬

동생은 작년의 가루로 도너츠를 구워 주었다
나는 작년을 이 인분이나 먹어치웠지
결혼할지도 모르는 것이다
여기에는 불안이 한 오라기도 섞이지 않았다
창밖에는 설탕 가루 같은 눈이 종일 날리고
누군가 테니스 코트에 토끼인지 곰인지의 얼굴을 그려
놓았다
나는 작년을 사 인분이나 먹어치웠지
초대하고 싶지 않은 식구가 있다면, 그건

로미오, 우리가 고아라서 다행이야
더 이상 죽지 않아도 되니까
테니스 코트의 토끼인지 곰인지의 얼굴이 지워져간다
불안은 한 오라기도 섞이지 않았다
사제는 우리의 손목을 상징적으로 묶어줄 것이다
유령만 나타나지 않는다면, 그건

썩 괜찮은 일
얼굴에 웃음기가 싹 가시지 않아도

냉장고에는 아직 일 인분의 반죽이 더 있고
누군가 그것을 먹어치울 수 있다
토끼인지 곰인지의 얼굴을 만들어 구울 수도 있다
먹어도 먹어도 작년은 생길 테니까

기다림 뒤에는 수난
수난 뒤에는 실종
실종 뒤에는 조금 다른 기다림
조금 다른 기다림 뒤에는 조금 다른 수난
조금 다른 수난 뒤에는 조금 다른 실종
조금 다른 실종 뒤에는 조금 더 다른 기다림

불현듯
모든 같은 것이 굉장히 다르다는 것을 알게 된다

사육제

언젠가. 이 축제가 끝나면. 엄마들은 또 한 번 집으로 돌아오겠지.* 그리고

오븐에 고깃덩이를 넣겠지. 그런데 저녁을 먹을 아이는 어디로

갔을까. 해가 다 넘어가는데.

엄마. 나는 냉장고 속에 숨었어요. 벽장 속에도. 장롱 속 이불 사이에도.

대문 옆 커다란 쓰레기통 속에도요. 엄마가 축제를 보러 간 사이에요.

너무나 심심해서요.

냉장고 속은 시원하고 벽장 속은 아늑하고 장롱 속 이불 사이는 게으르고

대문 옆 커다란 쓰레기통 속은 신기해요.

언젠가. 숨바꼭질을 하다 잠이 깬 아이는 또 한 번 집으로 돌아오겠지. 그리고

오븐을 열어보겠지. 열 손가락이 달린 고깃덩이 앞에서 군침을 삼켜보아도

엄마는 오지를 않네. 별이 총총한데.

아가야. 엄마는 마당에 떨어진 별똥별을 주워 먹고 너
를 가졌단다. 그건
구운 고기 맛이 났지. 너를 먹고 또 먹어도
네가 줄지를 않는구나. 마을에는 서커스단이 왔는데
냉장고에. 벽장에. 이불에 밴 고기 냄새. 대문 근처까지
풍겨 나간 고기 냄새.

* Our Lady Peace의 1997년 앨범 『Clumsy』에 실린 곡 「Carnival」의
후렴구로부터. "And every mother's back/Once again/The carnival
closed down/But if this world would ever turn around."

꿀과 달

부풀어 오르는 반죽
라벤더 꽃에서 딴 꿀
죽어서 꿀통 속으로 간 꿀벌
느린
아침
햇볕
현관을 들어서는
손톱 밑이 까만 그의
목덜미에선
그을린 빵냄새가 난다

어디 갔다 왔어요?
간밤에 잠깐
지옥에요
일이 생겨서요

폐허에서 태어난 돌들은
부서진 살점들을 오래 모으고

어제부터

어제보다 조금

덜 존재하기 시작하고 있는

죽은 꿀벌

썩지 않는

삼켜버릴 수도 없는

물거미

차양 밖에는 비가 내린다
그들 모두 聖가족이 무엇을 의미하는지 알고 있었지만
조금씩 들이켜는 포도주가 그들 자신의 피로 빚어진 것
또한 모르지 않았다
발효와 부패는 얼마나 다른가

그는 여덟 개의 눈과 다리로
많은 라벨들을 꼼꼼히 살펴보았고
성분과 맛과 향을 음미했으며
그 결과 취기와 피로의 반복 속에 있었다
(그것은 천국과 연옥 중
어느 쪽에 더 어울립니까?) 그러나
우연한 먹이처럼 눈앞에 자유가 다가온다면
기꺼이 포획할 작정이다

二星 호텔로 가는 좁고 젖은 포도 위에
요란하게 울리는 여행 가방의 바퀴 소리
골목마다 샘이 있고 광장마다 분수가 있는
음습한 마을에는

어리석은 여행자를 노리는 좀도둑이 끓고
그는 당분간 용의주도하게 은거하는 중

그는 가는 곳마다 집을 짓지만
어느 곳에서나 그의 집을 방문하는 것은 대개
하루살이나 젖은 낙엽

자유의 기미를 포획하는 데 집중하느라
그는 거의 움직이지 않는 것처럼 보인다

후식
—어느 날 아침 깨어나 자신이 혼자임을 알게 된 냉장고가
무심코 낸 그르렁 소리의 진동수를 구하는 올바른 공식은?

냉장고를 열면 접시 위에서 젖가슴처럼 싱싱하게 흔들
리고 있던 젊은 엄마의
초록색 젤리 그것은 언젠가 심하게 상심해본 사람이
쓴 시의 첫 구절처럼
냉랭하다 흔들린 것은
냉장고일까 젖가슴일까 엄마일까 초록색 젤리일까 이
시가
왜 씌어졌냐고 물어보면 뭔가 그럴싸한 정치적인 대답
을 해야지
왜 그렇게 정치적이냐고 물어보면 그냥 병리적인 암시
에 지배받은 고백시라고
해야지 냉장고처럼 으으음 앓는 소리로 젖가슴처럼 엄
마처럼 초록색 젤리처럼
뭔가 친환경적이고 어딘가 불유쾌하게 클클클 흔들리
면서

허밍

지나간 일이야, 입동에는
살아 있는 사람처럼
무릎과 무릎을 스치며 걸었지

나의 남천南天은
검붉게 물든 입술을 바들바들 떨고
마른 가지는 맥 빠진 무릎처럼
한밤에 툭툭 꺾어져 내려

가끔은 정말로 살아 있는 사람처럼
입술과 입술을 포개고
그러면 정말로
피가 다시 돌고

그러다 어느 날엔
죽은 사람으로부터
죽었다는 전갈이 온다

무서운 일이야, 죽은 잎들은

회오리져 몰려다니니까
웅성거리니까

모아서 태우면
천국으로 올라가거나
지옥으로 내려갈 것 같지만

지나가지 않는다, 염가의 탄식일랑은 금할 것

가수는 죽고
통조림통에 담긴 노래는 영원히 젊고

나의 남천은 물든 입술을 떨고 있다

귀신을 쫓아준다는 나무

우리는 그것을 베란다에 내어놓았는데
담배를 태우려 창을 열 때마다

이상한 일이야, 누가 자꾸
내일이 없는 사람처럼,

시작 메모

입술을 움직이지 않고도 노래할 수 있다. 사람들은 그 사실을
자주 잊는다. 입술을 움직이지 않고 부르는 노래를 듣고 있으면
어쩐지 기분이 이상해지니까 부러라도 입술을 움직여 음절을 만
드는 것은 당연한 일. 언어의 대부분이 이런 식일 테다. 내가 당
신을 사랑한대도 말하지 않으면 어쩐지 기분이 이상해질 거다.
하지만 그런 이유로 말한다는 건, 이쪽 기분이 이상해지는 일. 왠
지 섬뜩할 때는 누군가 그럴 수밖에 없는 이유로 입술을 움직이
지 않고 노래하고 있다고 생각하자.

무연고無緣故

고문당한 말들이
원혼처럼 거듭 돌아와 거울 앞에서
자꾸만 제 얼굴을 매만지고 있다
내가 이런 뜻이었어? 어쩜,
흉측해라, 머리를
묶었다가
풀었다가 화장을
했다가
지웠다가
결국 눈 코 입 없는 윤곽으로 돌아와
내 얼굴에 제 얼굴을 들이대고

어떻게 좀
어떻게 좀 해보라고

과녁 없이 조준점만 난무하는 곳에서
죽을 방법의 다양성과
두루 평등한 고난과
이상을 잊은 자유와

잠든 시간에 몰래 가동하는 몹쏠
차가운 거울
속으로
나는 밤을 뒤집어본다 그것은
구멍 난 양말을 그 구멍으로 뒤집는 것처럼
어쩐지 잔인한 일

뒤집힌 밤은
소리도 고통도 없는데
누군가 거울 밖에서
망치질을 하고 있다

노老시인의 이사
―10년 전을 기리며

곧 퇴임하실 노시인 선생님이 오늘 연구실 짐을 작업
실로 옮겨 가신다고 포장 이사 업체를 불렀습니다.

백발 선생님은 책을 꺼내고 일꾼들은 책을 싣고 우린
뭘 할까 하다 책장을 닦았습니다.

선생님은 양손에 책을 서너 권씩 들고 먼지를 땅, 땅,
털어서 일꾼에게 줍니다.

오래된 책에서 나는 먼지가 참 대단합니다.

그중에서도 표준어가 표준어가 아니게 된 옛날 국어대
사전과 성경전서의 먼지가 최고로 대단합니다.

책벼룩이 쏟아져 나올 것 같습니다. 그러자,

나는 갑자기 슬퍼져 눈물이 나려 했지만 선생님은 오
래된 먼지들을 떨어서 참 개운하신 듯합니다.

책을 꺼낸 책장 맨 아래 줄에는 쥐똥이 널려 있습니다.

시인이 퇴근한 뒤 연구실에 들락날락 잘 놀았을 귀엽고 더럽고 작은 쥐들을 생각하자 웃음이 났습니다.

선생님은 세상에서 제일 멋진 백발을 헛, 헛, 휘날리며 책들과 함께 트럭을 타고 가셨습니다.

선생님은 언제부터 백발이었을까요?

시인은 언제부터 노시인이 될까요?

나는 빈 연구실에서 야옹, 야옹, 울어보았습니다.

어떻게 알고 쥐들은 오늘 결석입니다.

이즈음의 신경증

지난겨울, 계양대교 위에서 구조된
수찬이의 형은 군대에 갔다
수찬이에게 형이 있었나? 늘 자전거를 끌고 다니는
귀여운 수찬이에게 그런 잉여로운 형이 있었나?
구조대원들이 다리 위에 도착했을 때
수찬이의 형은 뛰어내리진 않았다 죽고 싶었는지는 모
르지만
죽지는 않았다 하지만 조금만 늦었더라면
너무 추워서 난간에서 손을 놓쳤을 거라고
녀석은, 낮술에 취해 붉은 눈으로 떨고 있었다고
재수를 했는데도 대학에 떨어진
수찬이의 형은 떨어지지는 않았지만
조금만 늦었더라면 꽁꽁 언 손을 놓쳤을 거라고

수찬이에게 형이 있었나? 귀여운 수찬이에게
그런 잉여로운 형이 있었나?
수찬이는 다음 날도, 그다음 날도 자전거를 끌고
승강기를 타고 내리고
얼굴이 마주치면 환하게 웃는다

참, 수찬아, 너에게 형이 있었니?

네, 군대에 갔어요

수찬이의 가족은 드디어 수찬이의 형을 처치했구나

수찬이의 형은 드디어 자기를 처리했구나

죽고 싶으면서 죽지는 않는 이런 단골들이 동네마다
있고

수찬이의 형은 군대 간 덕에 그런 단골이 되지는 않았
는데

군대에는 시도와 동시에 골로 가기 때문에

단골이 될 수 없는 사람들이 있다고

군대에는 구조대가 없으니까

물론…… 구조대는……

구조라고……?

쌍!

(우리의 기도를 들어주소서)

폭염

도서관 뒤뜰엔 잊혀진 사상처럼
이끼가 드문드문 자라고 있다
사람들은 소태를
얼마나 오래 머금을 수 있는지

붓꽃과 익어가는 여주와 박꽃과 봉숭아
이름을 부르는 것만으로는 결코
도달할 수 없는
눈으로만 먹을 수 있는
빛깔들
맛을 보면 도망할 육식동물들을 위해
고통 없는 선을 위해
아름다운 착한 것이 있어야 할 텐데

어쩌나, 가물어 단
과일을 크게 베어 물면
소리 없이 가능한 한 멀리 내어 뱉는
씨앗 같은 문장부호들

왜, 죽음의 징후―꽃들은
절박할 때만 피나, 왜,
아름다운 채 삼키면 치명적인가, 왜,
도서관 뒤뜰엔 아직도 잊혀진 사상이,

웬 조그만 노인이, 우산이끼처럼 까라져
아직 파란 여주를 씹고 있나

크루소 씨의 가정생활

애완동물이 있다면 좋겠지, 강아지풀을 뜯어다 희롱할
어린 고양이가 한 마리쯤

있다면 하루 섭취 열량의 대부분을 어제의 자기를 유
지하는 데 쓰지 않고

하루 세끼 제때에 요리를 할 수 있다면

좋겠지, 사서 까기만 하면 먹을 수 있는 바나나 같은
것 말고 당신과 나와

우울한 형을 군대에 보낸 윗집 수찬이나 망한 지하상
가의 반찬 가게 아줌마

그 뚱뚱한 제과점 여편네는 빼고 씩씩한 정육점 청년
들이나 무뚝뚝한 약사

별로 친절하지 않아 신뢰가 가는 치과의사 — 그는

누구보다 더 내 입속에 관해 잘 알거든

몰래 썩어가던 것들 흔들리던 것들 떨어져 나간 것들
에 관해 그리고

그래, 금요일

모두를 먹일 수 있는 요리를 가끔 만들 수 있다면

하지만 당신은 요즘 금요일만 기다리는군 금요일은

주기적으로 찾아오니까 주기가 없다면 당신은

미쳐버릴 테니까 하지만

화분이 몇 개 있다면 더

좋을 거야, 올해는 꽃이 필지 얼마나 필지 햇빛은 하루
중 언제 쪼이는 게 적당할지 주당 한두 번은

그래, 금요일

반드시 한 번쯤은 물을 주기로 한다면

가정이 없어진 나와 가정이 없어진 당신이

만나서 가정이 된다면

대단한 일 아닌가 온갖 가정적인

말을 할수록 현실이 된다면

바람 부는 날은 창문을 꼭 닫아둔다면

좋을 거야, 그럼 어린 고양이가 떨어진다거나 아무도
화분을 던지지도 않을 테고

머리 위에 국수를 쏟지도 않을 테니까

기적은 가정이 없었던 일 인분의 평온을 일단 파괴하고

여러 가지 더 큰 가정을 허할 테니까 그러니까

나, 크루소가 아직 보인다면

좋겠지, 하지만 노상 보고 있지만 않는다면 더

좋겠지, 그래, 금요일

찾아온다면 그 도둑고양이가 놓고 간 어린 것을 내가
던져버리지 않도록

(무엇이 나쁜지 아는 자와 나쁘다고 일컬어지는 일을 하
지 않는 자는 어떻게 구별되는가?)

나는 벽장 속에 지금처럼 얌전히 있을 테니

거울은 제발 돌려놓고 가끔

나가준다면, 어린 고양이와 화분과 나를 남겨두고

입동立冬

나무 속에서 사람들이 나온다
빨간 나무 속에서
윗집 수찬이는 자전거를 끌고
노란 나무 속에서
앞집 여자가 오늘만은 혼자서
온통 두터워진 검은 외투를 입고
깃을 부풀린 새들처럼
집에 가는 새들처럼

만화방창萬化方暢

전방에 급커브 구간입니다.

히스테리가 유머 감각을 잃는 순간, 예술에서 멀어진다.

아이, 깜짝이야! 꿈이었잖아! 내가 빠진 맨홀에 하느님이 살고 있더라구. 시궁쥐를 잡아먹으면서 말야.

10년 전만 해도 그렇지 않았는데, 요즘 걸인들은 아조 난폭헙디다. 내놓지 않으면 대놓고 저주를 퍼부어요.

지나치게 윤리적인 사람들은 빚쟁이 같지 않아요? 자기가 좋아서 선물을 줘놓고 쫓아다니면서 갚으라고 한단 말이지. 이자까지 쳐서. 그것도 복리야, 복리. 이 고통의 복리 이자를

개새끼, 난 아무것도 잊어버리지 않았다.

정육점 집 백구는 제 새끼가 돼지 뼈에 비칠비칠 코를 들이밀자 위협적으로 으르렁거린다. 백구의 새끼인 새끼

백구는 멈칫, 하더니 뒷걸음질 쳤다. 내년만 돼봐라. 가만 있지 않겠어.

백구는 돼지 뼈를 끌어안고 정신없이 물고 빨기 시작한다.

젠장, 놈들은 영원히 반성 따윈 하지 않을 거야. 아니, 반성문을 길게 쓰면서 황홀해할 거야.

예수가 요즘 사람이면 부활하지 않았겠지. 그 전에 장기를 적출당했을 테니까. 언제까지나 얻어먹고 다닐 순 없는 거잖아?

신부님, 저는 죄를 지었어요. 그리고 그 사실이 저를 몹시 흥분시켜요. 하지만 제가 무슨 죄를 지었는지는

개새끼, 난 아무것도 잊어버리지 않는다.

오래전에 병리가 윤리를 대체한 것을, 당신은 정말 몰랐습니까?

무슨 말씀이시죠? 그 둘은 쌍둥이가 아니었나요?

크루소 씨는 집에 돌아와 앵무새의 험담을 언제까지나
듣고 있었다. 돌아온 집에는 아무도 없었다. 크루소 여사
는 금요일이 와서 소풍을 갔고, 고양이는 발정이 났던 것
이다.
그렇다, 그는 자신이 백수라는 사실을 인정해야만 했
다. 게다가 의지박약이었다. 아무도 그를 사용하지 않는
다면, 그는 존재하지 않는 것이나 마찬가지였다.

이팝나무 꽃이 거리에 가득 피어 있었다. 그는 이팝나
무 꽃들을 두 눈에 꼭꼭 눌러 담고는 맨홀 뚜껑을 덮고
잠을 청했다. 희망이 생길까 두려웠다.

이팝나무 꽃

잠든 크루소 씨의 눈꺼풀 밖으로 비어져 나온
이팝나무 꽃잎들을
시궁쥐가 먹어치우고 있다

나비야, 너에게 이름을 준 이 사람에게
무슨 일이 벌어지고 있는지 와서 좀 보렴
그는 이팝나무 꽃잎들로 고치를 짓고 있구나
그 고치가 그의 안전가옥이구나
아름다움으로는 허기가 사라지지 않는구나

유행流行

지칠 때까지
　　구역질이 날 때까지
　　　　그 무엇도
지루함보다 나쁘지는 않기 때문에
　　자기를 혹사시키면서
　　　　아주 쓸모없는 방식으로도
　　　　　　쓸모없음을 찬미해서라도
　　　　　　　　비싼 값을 치르고라도
　　　　　　　자기 자신을 치러서라도
　　　　　　　　장례를 치를 때에도
　　　　　　흘러가는 움직임
　　　　　멋진 명찰과
　　　깔끔하고 작은 글씨의 가격표
　　　쾌적한 디자인의 야구 방망이
　　　　　　　　　　무엇이든 가격할 수 있는
　　　　그 무엇도
지루함보다 나쁘지는 않기 때문에
　　열두 살 소년들처럼
　　　　쓸모없는 방식으로도
　　　　　　극악무도한 방식으로도

지금 당장의 매력만으로도

흘러가는 움직임

이제 막 쏟아질 것만 같은

스타일과 결별한

그 무엇도

지루함보다 나쁘지는 않기 때문에

곧 깊은 망각 속으로 떠나버리는

모든 최근의 대의명분들

색깔이

때깔이!

중요한

당분간 기분을 좀 나아지게 할

영원히 달라지는

흘러가는 움직임

신비지 않는 풀리

지칠 때까지

구역질이 날 때까지

그 무엇도

지루함보다 나쁘지는 않기 때문에

인수공통전염병 냉가슴 발생 첫날 병조림 인간*의 기록

오늘, 새들은 말이 없다
어차피 새들은 말을 할 줄 모르지
물론 새들도 새 말은 할 줄 안다
내 말은 오늘, 새들이 이상할 정도로 잠잠하다는 말이다
지저귀지 않을 뿐 아니라 푸드덕거리지도 않네
이웃 교회 목사의 횡령 사건이며 불타는 금요일이며
진급 시험과 주말 여행에 관해
사람들은 어제처럼 소곤소곤 남의 말을 하고 있는데
미래반점 처마 밑 새장 속의 사랑새 부부도
옛 일본인 조계지 백 년 넘은 건물 난간의 비둘기도
황어장터 잡목림 속 참새들도
수상해, 머리를 어깨 사이에 파묻고 향수병에 걸린 것
만 같아

새들은 모를지 모르지만
사람들은 새 말을 대충 알아듣지
가령, 나는 저 빌라들 사이 어린이 놀이터 벤치에 앉아
아이들이 흘린 뻥튀기에 몰려든 참새들의 대화를 엿들

은 적이 있다

삐비 삐빗 뷰잇(여기 먹을 게 있어)!
삐욥(내놔)!
삐유윕(내 거야)!
삐빕삣(저리 가)!
삐립삣뿝(맛 좀 볼래)?
삐빕(젠장)!
삐비비빗(두고 보자)!

사람들이 모른 척하고 싶을지 모르지만
새들도 사람 말을 대충 알아듣는다
(내용은 대략 위와 같음)
우린 모두 지구와 같은 성분을 가지고
같은 별에 담겼으니까

그래도 여전히 놀라운 일이지
우리가 같은 성분으로 되어 있다니

여차하면 서로 먹을 수 있다니
여차하면 서로 섞일 수도 있다니

그건 그렇고
오늘, 새들은 왜 말이 없을까

저렇게 뾰족한 주둥이를 가지고
무슨 으스스한 생각에 잠긴 것일까

* 「자기가 병조림이라 믿은 남자」를 참조.

창백한 죄인*

당신의 요구를 이해는 합니다
네, 폭염주의보가 내린 것을 저도 알고 있습니다만,
열람실 냉방기 스위치는 누르지 않을 겁니다
화장실 핸드드라이어의 플러그도 계속 뽑아놓을 겁니다
남극에서 빙하가 녹고 있기 때문이지요
당신은 너무 쉽게 생각하고 있어요 지구는
당신 같은 사람들을 좀 다이어트 해야 합니다
노약자 임신부도 아니면서 삼 층에 승강기를 타고 다
니는
건장한 청장년들을 매일 보고 있어요 저도 덥습니다
직원실은 열람실보다
세 배나 더워요 알고 계십니까?
네, 구청 예산이 모자란 것도 맞습니다
관리 용역이 제각각이어서인 것도 맞고요 도서관장의
절약 정신이
과도한 것도 맞습니다, 하지만, 저, 저는 신념으로 이
도서관을 지키고 있고 이웃을 사랑하고 싶지만
무엇보다 지구가 걱정됩니다 당신의 요구를
이해는 합니다 냉방기 스위치는 누르지 않을 겁니다

저도

　괴롭습니다 도서관에는 별의별 사람들이 다 옵니다 매일 민원을 넣는 당신을 비롯해서

　화장실에서 머리를 감는 사람 다리를 달달 떨며 5년째 같은 책만 보고 있는 사람 아래위로 빨간 옷만 입고 다니며 늘 여자 옆에만 앉아 숨을 거칠게 쉬는 남자 좌석마다 돌아다니며 낙서를 하는 중년 여자 도서관에 간다고 부모를 안심시켜놓고 열람실에서 포르노를 보는 십대 소년들 휴게실에서 컵라면과 반짝 할인 과자로 배를 채우며 이 사람들이

　정말로 책을 보러 온다고 생각하십니까? 지난 1년간 도서 대출 내역을 알려드릴까요?

　저는 이 사람들이 다 집으로 돌아갔으면 좋겠습니다

　행복한 펭귄처럼요

　도서관 따위는 없어지는 게 좋습니다 이건 다 가짜예요 모델하우스처럼요

　사람들은 많은 걸 알고 싶어 하지 않습니다

　자기가 살고 있다고 악착같이 믿고 싶어 할 따름입니다

　저의 사보타주를 이해해주십시오 구청장도 도서관장

도 만류하지 않는

　　우연히도 당신을 유감스럽게 하고 있는 저의

　　사보타주를요 지구를 위해서요

　　(불타는 도서관을 뒤로하고 집에 돌아왔지만, 크루소 씨
는 어쩐지 냉방기를 켤 수 없었다 전 지구적인 도서관 직원
의 죄의식이 옮겨 붙었기 때문이었다 그는 흙바닥의 펭귄처
럼 불우한 느낌이 들었다)

　　* 프로이트가 "죄의식으로 인해 죄인이 되는 사람"을 두고 니체의
『차라투스트라는 이렇게 말했다』의 한 에피소드를 빌려 이른 말.

미모사와 창백한 죄인

너무 예민한 것들 앞에서는 죄인이 된다
숨만 크게 쉬어도 잎을 죄 닫아걸고 가지를 축 늘어뜨
리는
미모사
순식간에 나는 난폭한 사람이 되어
사랑해서 미안한 폭력배가 되어
젠장, 알았다고, 너 혼자 푸르르라고
공주병 걸린 년, 누가 죽이기라도 한다니?
내버려두면
어느새 정말 죽어 있는
미모사
순식간에 나는 정말로 나쁜 사람이 되어
화분째 쓰레기통에 처넣고선
너무 예민한 것들을 다시는 상종을 말아야지
다짐했는데
10년 전에 죽은 미모사
그 어떤 미모사와도 바꿀 수 없는 미모사
모든 미모사의 대명사가 된 미모사
이제는 이름도 떠올리기 싫은 미모사

연약한 주제에 까다로운 년

나는 나를 만나지 말기를

부디 네가 나를 마주치지 말기를

나는 내가 없는 우리 집에 놀러 가고 싶고

그래도 남보다는 내 손에 죽었으면 한다

사랑하면 미안한

미모사

방금 내린 눈

잘못 날다가 나뭇가지에 가슴을 관통당한 울새

방금 본 그 눈

녹아버린 것들

날아가버린 것들

자기를 잠가버린 것들

자기를 영원히 잠가버린 것들

어떤 봉인

그때 너는 눈꺼풀을 닫았지
그러자 세계 전체가 일순 물러났다

드러나지 않기 위해 너는
하루 섭취 열량의 대부분을 존재하는 데에 쓰고 있구나
존재하기 시작한 순간부터 줄곧 상처 입고 있어서
그 모든 빛과 바람을 복기하거나
묽고 진한 그림자의 엄습을 잊으려 하지만

망각은 언제나 무엇에 대한 망각
충분히 안전한 기분에 도달할 때까지
꼼짝 않고 선 채 눈을 감고 도망 중

도망은 언제나 무엇으로부터의 도망
너는 꿈속에서도 계속 도망하고 있지 않을 수 없었지

미모사. 건드려진 속눈썹처럼 바람만 불어도 곧 울 것 같은
미모사. 가장 다정한 햇살의 가벼운 입맞춤에도 혼절

하는

　미모사. 봉인의 속도가 존재를 대체해버린

　미모사. 모든 감각이 통각인

　미모사. 말할 수 없는 고통은 말하지 않을

랄라와 개와 친구와 20년 전의 엽서

네 글씨는 참 다정하더라
그때 나는 좀 멀리 있었지
그때 나는 좀 미쳐 있었고
엄마 혀를 씹어 삼키고 줄행랑을 치는 중이었어
벨트 위를 달리는 것처럼
너무 넓은 나라의 횡단열차처럼
풍경은 알아채지 못하는 줄행랑이었지

그런데 너는 내가 있는 곳을 어떻게 알았니?
거긴 커다란 개와 나와 내 게이 친구밖에는 없는 곳인데

커다란 개는 인명 구조견
구조할 일은 없지만, 멋지게 구불거리는 먹색 털을 가
졌지
유일한 식구였던 친구는 이제 내게 답장을 해주지 않아
내가 그의 드라마를 읽어주지 않았거든
잘못했어, 하지만 그건 너무 길었어
나는 피곤하고, 친구의 습작은 연애만큼이나 길었다
니까

아니 아니, 사제 서품만큼이나 길었다니까

아무려나, 글씨가 너무 다정해서
하마터면 나는 내가 너를 사랑한 줄 알았지 뭐야
그러고선 기억해냈지
맞아, 너는 확실히 다정하긴 했어
그건 이상한 일이 아니야 게다가
난 다정한 사람에게 좀 취약하니까
하지만 내 뒤통수가 못생겼다고
내가 모르는 네 친구들에게 너무 많이 고백했더라

저런, 랄라는 뒤통수가 못생겼구나

뒤통수가 못생겨서 부끄러운 적은 없었는데

그때부턴가 친구의 개가 남의 나라 말로 짖기 시작했지
뒤통수! 랄라! 뒤통수!
그만! 조용! 쉿!
나도 남의 나라 개 말로 짖었지만

내 친구의 개는 어차피 친구의 개인 걸

어째서 어떤 사람들은 멀리 있으면 다정해질까
어째서 어떤 사람들은 사라졌는데 글씨가 다정한 걸까
차가운 침묵을 싸고 있는 귀여운 포장지

괜찮아, 아직은, 십일월, 나무들이 모두 호박색 등을 달
았고
친구는 마지막 만찬을 위해 붉어진 눈으로
분홍 새우를 빨갛게 볶는 중이야
친구의 개는 오늘도 내 발을 밟고
난 짐을 다 챙겼어 그러니
당분간 안녕
다시 멀리 있을 때까지

간밤, 안개 구간을 지날 때

너무 좋아서 차마 들을 수 없는 노래. 다 들어버리고 나면 삶이 지나치게 비루해져버릴 거라. 모든 좋은 노래는 이곳에서 났으나 이곳 아닌 곳에 우리를 데려다 놓고, 이곳 아닌 곳이 노래 속에만 있을 것이라 믿으므로 우리는, 이 곡을 듣고 나면 미쳐버리는 거라. 올라갈 수 없는 높은 산에서 눈을 뜨는 거라. 그러나 그 곡이 끝나고 나면, 비루한 삶이 그리워 우는 거라. 이곳이 아닌 곳이 너무 추워 우는 거라. 눈 감은 채 고양된 황홀은 추락의 느낌과 너무나 흡사하고, 높이는 깊이와 같아지고, 지옥은 지극히 권태로운 곳이 될 거라. 천국과 뫼비우스의 띠로 이어져 있을 거라. 너무 좋아서 차마 다 들을 수 없는 곡을 들을 때, 듣다가 꺼버릴 때, 우리는 우리가 지옥에서 돌아왔는지, 천국에서 쫓겨났는지 분간할 수 없고, 혹은 유일하게 진짜인 우리의 삶으로부터 지옥이며 천국인 이곳으로 돌아왔는지 알 수 없는 거라. 너무 좋아서 견딜 수 없는 곡은 하나의 지극한 生. 누구의 것도 아닌, 하지만 귀 기울일 때에는 온전히 자기 자신인 지독한 生. 우리는 전생으로 나아간다. 혹은 사후로 돌아간다. 혹은 전생이며 사후인 어떤 이방에서 귀환한다. 뜨거운 돌을 쥐고. 모든 일은 지금 일어난다.

다음날

꿈속에서 누군가
사랑하는 아름다운 일을 미워하지 않기 위해서,
라고 말하는 것을 들었다
화분에 물을 주었다

거리에 나서면
모두들 자기의 아이스크림을 빨고 있는 일요일

간밤에 일어난 일을 믿어도 되겠습니까?

신을 끌고 걸어가는 사람
여러분의 할머니보다 여러분에게 더욱더
신이 필요하다고 절규하는 사람
그가 강론을 마치자
고등부 학생 세 명이 동시에 하품을 했지만

그리스인들은
죽은 자를
괴로워하기를 그친 자들이라 불렀다지만

틱을 앓는 사제가 고통을 참으며
온몸으로 내뿜고 있는 평화의 인사

쉴 새 없이 흔들리는 그가 심겨 있는
그의 무겁고 따뜻한 신

돌림노래

‖: 노란 나무가 아스팔트 위에
    왈칵
    노랑을 토해놓았다

    당신은 불붙은 숯을 깨물고
    당분간 농담을 하며 견디고 있지만

    마지막 인간이라는 피로와 자각 속에서
    가능한 한 명백한 농담을 거듭 각오하느라

    우리는 순식간에 모이고 또
    순식간에 흩어진다, 그렇다면

    당신은 나날의 햇볕을 미분하며
    작은 기쁨들을 발명해야 하지만

    그것은 막대한 노동이지만

    그 작은 기쁨들에

당신도 모르는 악마가 숨어 있을지 모르지만

생각보다 자주
당신은 당신의 적이지만

비유 속으로 풍자 속으로 환상 속으로
이제 더는 도망갈 수도 없는 노릇이어서

어째서 모든 진심은 이토록 난해한지
사랑은 가장 큰 모욕과 근친인지, 여전히
이해할 수 없는 노릇이어서

너무 무성해진 화분을 솎으며
손에 묻은 풀의 피를 다른 풀잎에 닦으면, 불현듯

그 모든 농담이 익어서 진담이 된다는 것을
이 저임금의 거대한 조롱 속에서, 여기

바람 맞은 노란 숲이

왈칵
어마어마한 노랑을 토해놓았다

우리의 안부는, 아직
일종의 돌림노래이지만

우리는 순식간에 흩어지고 또
순식간에 모인다, 그렇게 :▌

PMS

지난밤의 불길한 꿈에 관해서는 쓰지 않겠다

온갖 새로운 소식과

심금을 울린 독서나 흥미로운 정치

발음하기만 해도 우리를 취하게 하는 천사 따위에 관해서도

내일의 내가 읽으면 힘이 빠질까 차마 쓰지 않았던

하지만 나를 너무 자주 방문해서 기를 쓰고 도망해야 했던

모든 가상을 제거한 나의 진심, 어쩌면

이것은 너무 오래 돈 지구의 무의식

젖어서 퉁퉁 분 30년 치 일기의 젖은 부분만 하나하나 찢다가

남겨둘 구절이 하나도 없다는 걸 깨닫고 통째로 쓰레기봉투에 처넣으면서

생각한다, 저 냄새나는 묵은 양말 더미를 나는 왜 평생 지고 다녔나

젊어 세상을 떠난 존경했던 비평가가

좋은 예술 작품은 독자를 고문한다고 썼던 것을 기억

하다가, 또
　목사가 된 고문 기술자가 설교 시간에
　자기 고문 기술이 거의 예술이었다고 떠벌린 것을 기
억하면서

　점점 더 난해한 시를 쓰면서 해석될까 봐 떨고 있는 시
인처럼
　고통이 윤리의 증거라고 막연히 생각했던
　어리석은 날들을 수정해보려고
　수정해보려고

　앞으로도 누군가는 자기가 가지지 못한 집과 차에 불
을 지를 것이다
　시가 멸종되고 시의 자랑이었던 광기가 현실 속에서
벌어질 때 우리는
　경악할 것이다──시의 실제 용도가 무엇이었는지 한
사람쯤은 깨달으면서
　설탕으로 만든 성상에 달라붙은 개미 떼처럼
　그럴듯한 범죄자와 멍청이를 향해 절하는 사람은 항시

있을 것이다

그 모든 현실을 드라마처럼 보고 즐기는 사람도 마찬
가지

달콤하고 거룩해 보이는 것은 우리를 환장하게 하지

마구 핥아 먹어서 녹아 사라지고 나면 다른 것에로 달
려간다

성상은 여러 형상을 하고 있지만 결국 자기 얼굴과 흡
사하다

자기 도덕을 자기에게 증명하려고 끊임없이 혼자 자책
하는 사람

——사과하든가 그렇지 않으면 그만 죽어버려라(울프
씨, 당신 말이야, 하긴, 당신은 실종됐지)

자기 미학을 모두에게 증명하려고 끝끝내 아무 가치판
단도 하지 않는 달변가

——오늘 점심에 끓인 쇠고기뭇국에서 풍기는 숙주나
물 냄새가 열 배는 더 미학적이다

아니, 이런 짓은 바람직하지 않지 팔십 년대처럼

시에 대고 화를 내는 건 어쩐지 졸렬한 일 하지만

오늘은 PMS인걸 마그네슘도 트립토판도 도움이 안 된다, 이를테면

네 시는 너무 장황하구나,라고 말했던

중학교 때 국어 교사였던 담임의 하얀 망사 스타킹 사이로 숭숭 돋아 있던 검은 다리털―사실 나는 그녀의 비평을 한 번도 바란 적이 없었고 그녀의 교무실 책상 서랍은 항상 열려 있었다

네 시는 발랑 까졌구나,라고 말했던

고등학교 때 문예반 지도 교사의, 귀에 제법 큰 봉합 수술 흉터가 있었던 험한 인생 내력―그는 조는 아이를 발견하면 교탁으로 불러내어 머리를 교탁에 박게 한 다음 씨익 웃으며 삼십 센티 자로 쇠구슬을 쳐서 머리에 적중시켰는데, 내가 졸업한 뒤 고등학교 때 짝사랑을 만나 가출한 뒤 살림을 차렸다, 나는 왜

하얀 망사 스타킹과 검은 다리털과 촌지가 무관하지 않다고 생각하는 것일까

찢어진 귀와 가출과 병적 낭만주의가 한 큐의 삼단 쿠

선이라고 생각하는 것일까 이것은

　편견일 텐데(편견일까?) 오늘

　압축적인 시를 쓰지 못하게 하는 퉁퉁 불어 터진 30년
치 일기와

　전혀 정치적이지도 미학적이지도 않은 일상의 대부분과

　오로지 미학적이며 정치적인 나의 작은 서재와

　춘분 지나 높아진 태양 아래 아직 서늘한 바람 속을 흔
들리며

　돌보아주지 않으면 꽃봉오리가 맺히지 않았을 수국과
카네이션

　열매가 없는 수국과 카네이션

　당연한 것은 아무 데도 없으면서 동시에 모든 것이 순
리인

　너무 오래 돈 지구의 무의식──쉬고 싶어

　하던 대로 하고 있지만 쉬고 싶다 지구는 생리 전이다
내일은

　어디에서 피가 터질지 모른다 정치도 미학도 위안이
안 된다

꽃들의 달리기, 또는 사랑의 음식은 사랑
이니까*

꽃들은 태양을 향해 달린다 눈에 띄지 않을 때에만
아주 조금씩 무궁화 꽃이 피었습니다, 하면서
개망초 꽃이 피었습니다, 하면서 애기똥풀 꽃이 피었
습니다,
하면서 잔디 꽃이 피, 피, 피, 피, 피었습니다, 하면서

봄이 깊어가니까 비가 올 때마다 점점 더 푸근해지니까
더러운 하늘 아래에서도 먼지를 뒤집어쓰고도 누구는
형언 불가의 색채에서 임박한 죽음을 읽고
누구는 지난 시절의 광영을 읽고 누구는 영겁
회귀를 읽고 누구는 이유 없는 뜬금없는 희망과
이겨낸 시련을 읽고 또 누구는 무채색의 존재론을 읽
지만

꽃들은 그런 것은 모르고 그저 태양을 향해 달린다
씨앗일 때부터 달린다 존재하기 시작하기 시작할 때부터
달린다 모름을 배후로 삼고 달린다 용용 죽겠지 하며
달린다 눈에 띄지 않을 때에만 달린다 최선을 다해
죽어가고 있다는 말은 틀렸다 어차피 사라진다는 말은

오만하다 아무것도 없어지지 않는다 달리기는 계속된다

죽음을 뚫고 사라짐을 뚫고 이 차원과 저 차원을
통과하여 달리기는 달린다 눈을 감으면 시간이
살갗에 스치는 소리가 들려요 너무 느려서
지칠 수 없는 달리기 너무 은근해서
쓰러질 리 없는 달리기

어둡고 더러운 날에도
밝고 더러운 밤에도

아무런 어려운 날에도

아무렴, 어려운 밤에도

* "사랑의 음식이 사랑이라는 것을 알 때까지"(김수영, 「사랑의 변주
곡」).

흰수염고래와 그의 노래

흰수염고래의 노래를 들었다
아무도 모르는 노래였다
그 노래를 아는 이는 모두 오래전에 죽었기 때문이다

그는 그 오래된 낯선 노래를
메들리로 부를 수 있었다
곡당 삼 절까지 부를 수도 있었다
그러나 빠져나오려는 음색을 그의 목구멍 아래 무언가가
자꾸만 그의 입속으로 다시 끌어당기고 있었다

나 말고 아무도 이 노래를 모른다는 것
그래서 불러야 할 것 같은데
그래서 차마 부를 수 없는 것

아무도 모르는 노래를 부를 수 있으므로
흰수염고래는 이방인이 된다
자기만 남은 소수민족이 된다
빨치산의 노래를 농민의 노래를 백범 조가弔歌를
부르면서 그는 멸종 위기종이 된다 그 노래들은 이미

멸종된 것으로 알려져 있고 심지어 어떤 곡은
무지한 산파가 받아 사산되었는데

울지 마, 흰수염고래
당신과 당신의 노래 사이에 모순이 없지 않지만
당신이 멸종된다면 당신의 노래도 멸종될 것이다
오늘 꼬마 해마는 이 모든 것을 서둘러 기록해두었다

(단독) 아마도, 울프 씨?

➤ Weekly Fang's Korea 정한아 기자 기사 최종 입력 2017-06-12 20:44

외제 차에서 골프채만 전문적으로 훔치는 절도범이 검거
되었다 경찰과 취재진이 그의 아파트를 덮쳤을 때, 반바지
차림의 그는 막 부르스타에 해피라면을 끓여 한 젓가락 뜨
고 있는 중이었다 그의 집은 바닥부터 천장 아래 약 30센티
미터 지점까지 골프채가 가득 쌓여 있었고, 화장실과 부엌
으로 가는 길만 겨우 사람 하나 지나갈 만큼 뚫려 있었다

양반다리를 하고 냄비에서 라면을 건져 입에 넣다, 들이
닥친 경찰과 눈이 마주친 그는 왼손에 들고 있던 냄비 뚜껑
과 오른손에 쥐고 있던 나무젓가락을 내팽개치고 재빨리 골
프채 산을 기어 올라간다 면발이 비참하게 흩어진다 그러나
그 위는 천장뿐, 다음 장면에서 그는 점퍼를 머리끝까지 뒤
집어쓰고 경찰서에 앉아 있다 주워 담은 라면처럼 퉁퉁 붇
고 경황이 없다

왜 그러셨습니까?

4년 전에 갑자기 해고 통지를 받았습니다 마지막으로 퇴
근을 하고 나오는데 외제 차 한 대가 골프채를 싣고 지나가
더군요 그때부터……

그는 훔친 골프채를 하나도 팔지 않았다 카메라는 골프채로 가득 찬 그의 아파트 창문을 비추며 서서히 줌아웃한다 골프채로 이루어진 집 안의 인공 산은 그의

복수의 가시성

억울함의 물리적 변용

그는 새벽이면 골프채 산 아래 좁은 마룻바닥에 몸을 누이고 새우잠을 잤다 그는

나날의 소소한 승리로 점점 좁아지는 (안 그래도 좁은) 아파트에서 자존감의 붕괴를 막기 위해 기꺼이 자기의 깡마른 몸을 난해하게 접어가고 있었다 그는

훔친 골프채로 골프를 치지 않았다 아무것도

치지 않았다 아무 데서도

일인 시위를 하지 않았다 청와대 신문고에

호소문을 게시하지 않았다 노동위원회에 부당 노동 행위로 사측을

제소하지 않았다 노조에

가입조차 되어 있지 않았다 자활센터에

등록하지 않았다 사장 집 현관 옆에서

어둠이 오기를 기다려 꿀밤을 때리고 달아나지도 않았다
중고 외제 골프채를 팔아
　중고 외제 차를 사지 않았다 욕을
　하지 않았다 메롱을 하지도
　않았다 시민단체를
　찾지 않았다
　불법적 행위에 합법적 대처는 너무 불공평한 거 아니냐?
　소리치지도 않았다

　왜 안 그러셨습니까?

　그런 건…… 어떻게 생각해내는 거죠?

　세상에는 덜 치명적인 방법으로 복수하고 싶은 억울하고
몹시 내성적인 사람이 얼마든지 있는 것이다

　그가 울프 씨의 언제 적 모습인지는 아직 알려지지 않았다

댓글 5　　　　　**최신순**

레지던트2불　　　**방금 전**
거고 뜨거운 물 맞으면 크루소로 변신한다 그러지 왜 란마처럼 ㅋㅋ
걍 너네도 다 어디 판타지에 나오는 단역이라고 해 X라이들 ㅋㅋ

레지던트2불　　　**2분 전**
아직도 이상한 사람들 많네 음모론자 X라이들 ㅋㅋ 의사 사망진단보
다 미친놈 일기가 더 믿어진다고라고라? ㅋㅋㅋㅋ 놀구있네 왜 이거
다 그냥 정기자가 첨부터 끝까지 주작질한거라 그러지 왜 ㅋㅋㅋ 울프
가 알고보니 레즈비언흡혈귀였던

아뇨333　　　**24분 전**　　🖒 6
저 사람 울프 아니고 크루소임. 정확히 말하면 두 사람이 동일인물임.
예전부터 도플갱어설 있었…… 진짜 불쌍한 건 크루소여사랑 울프 동
거녀임. 아 진심 이기적인 X끼다…… 거지사기꾼이지만 부럽……

모래　　　**38분 전**　　🖒 2
레지던트2불님 그건 인터뷰 아니고 불법으로 유출된 감청 보고서입니
다. 일방적인 주장을 기정사실화하시면 안 돼죠. 근데 솔직히 저 사람
이 울프씨면 실망스럽긴 할 듯.

레지던트2불　　　**1시간 전**　　🖒 3
뭐냐 이런걸 단독기사라고 또 낚였네 울프가 죽은지가 언젠데 팩트체
크도 안하냐 이러니까 기레기 소릴듣지 기자 완전 X라이 ⇨ 울프는 실
종된게 아니고 죽은거임 의사인터뷰도 있음ㅋㅋ

스물하나

꽃은 꺾고 본다
처음 보는 나비는 잡고 본다
해 질 녘
시들어버린 꽃잎을 하나씩 떼어
골목에 무람없이 흩뿌리면서
나비 날개 가루를 축축해진 손가락에
잔뜩 묻히고 눈 비비면서
슬프다, 아이는
아름다움이
손아귀에 아름다운 채 남아나지 않는다는
징그러운 진실을 알게 된다

그런 아이와 마주치게 된다면
꽃과 나비와 네가 어떻게 다른지 증명하기 전에
너는 우선 당장 전속력으로 달아났어야 했지만

그러지 않았지, 따라서 너는
진실의 가장 비관적인 판본을 만나게 된다;
자세히 보면 다 징그럽다

너는 아직 모르고 있지만
렌즈 세공의 기나긴 도정이 시작되었다
세간의 추측과 달리
망원경과 현미경이 모두 필요하다
아, 만화경도 물론

고양이의 교양

중성화라는 말은 참 중립적이다
자기 안의 야생성을 두고 사람들은
자연이라고도 하고 비인간이라고도 한다
나는 내 시를 중성화해야 할지, 울게 내버려둬야 할지
에라, 모르겠다, 우리 집 고양이는 사춘기
온 집안사람들을 물고 할퀴고
가둬두면 문을 긁어대며 울어대며

밥과 변기만으로 살 수 있겠냐고, 이 잡식하는 벌거숭
이 종자들아,
뭔지 모르겠지만 내 안엔 해방되어야 할 난폭함이 있
다고

울음소리를 뒤로 하고 책상 앞에 앉아서
정작 난폭한 건
짐승과 함께 살기로 한 마음이었는지, 나는 뭐
짐승 아닌가? 난 중성화도 안 했는데 아니,
교양을 쌓았잖아 날마다 무언가를 (거의 모든 것을)
참으며 자기가 자기를 중성화하며 그것이

교양 아닌가 우리 집 고양이의 사춘기에
날뛰는 야생을 문 뒤에 두고 교양을 쌓고 있는

나와, 나의 닳아버린 송곳니와, 그러나
여전히 꺼칠한 혓바닥과 흰 종이 위에 검은 글씨로
승화된 난폭함

중성화라는 말은 참 중립적이다
물어뜯고 싶은 것들이 세상에 이토록 가득한데
기특하게 사람들이
아무튼 거리를 활보한다

하느님은 죽어서 어디로 가나

죽은 자는 편리하다
모든 책임은 그에게 떠맡기면 되니까
울부짖을 목구멍도, 송사를 제기할 손가락도 없으니까
마음속에 품고만 있던 죄와 사랑은 이제 영원히
무저갱 속으로 침묵하고
침묵의 관은 넓고도 넓어
여차하면 삼라만상을 품을 수도 있으니까

죽은 자는 참으로 편리하다
그가 웃어도 울어도
깊고 검은 침묵의 울림통이 이 작은 별에 기별하는 것은
고작 실바람, 때때로 태풍과 눈보라
아무도 그 연원을 궁금해하지 않으니

죽은 자의 이름은
어떤 백성들에게는 태양이고
어떤 떠돌이들에게는 태양의 흑점이고
대개 알려진 바로는 허풍선이라지만

시인들은 누구나 당신의 눈동자라는 걸
안다, 불면의 밤, 거울 속에서
흔들리는 작고 요란한 빛

끝내 발광하는
오래 뭉친 어둠
푹 삭힌 침묵의
자연 발화

부정성의 시학

조재룡

　모든 것을 끊임없이 의심으로 되감아낼 때, 이러한 물음을 우리는 '근본적인' 물음이라고 부른다. 바꿔 말하면, 솟아난 의문들로 사유의 가지런한 발걸음을 일시에 정지시키고, 인식의 행렬을 단숨에 끊어버리거나, 방향 자체를 아예 되돌리게 할 때, 물음은, 근본적인 동시에 비판적인 성격을 지닌다. 이 경우, 물음에 대한 대답은, 그 답을 확정할 수 없는 이유를 붙들어 탐구의 반열에 올려놓고, 오히려 그와 같은 상태를 기록해보는 일에서 찾을 수 있는 것인지도 모른다. 온갖 의문과 의혹이 부메랑이 되어 스스로에게 되돌아올 때까지, 확신하는 행위는, 물음을 다시 끄집어내거나 의심을 새로 투척하는 일에 비해, 늘 더디거나, 아예 당도 자체가 가능하지 않을 수도 있다. 그러나 명쾌한 결과를 얻지 못했거나 그럴 수 없다고 해도, 의심은 헛된 관념이나 망상의 나열은 아니다. 의심을 통해 물음을 제기하는 행위는 우리가 당연히 알고 있다고, 그럴 거라고 믿고 있는 통념의 거점을 급습하거나, 단단하게 묶인 믿음의 꾸러미에 메스를 그어 단숨에 그 매듭을 끊어내면서, 사유 불가능성의 가능성에 내기를 거는 비판적 활동을 촉발시키기 때문이다. 어떤 물음은, 따라서 그 자체로 당혹감을 감추지 못하게 하는 성질을 지니며, 또 어떤 의심은, 골몰하는 대신, 낡은 신념을 단박에 무너뜨리기도 한다. 정한아의 시는 무수한 의문과 되풀이되는 의심으로 이 세계와 마주한다. "자기를 포함한 모든 것과 싸우"[1]면서, 그는 소위, 사유라고 부르는 것이, 왜 의문이나 의심을 통해 인식의 공백 지점에 당도하고, 또 그 공간에서 자주 허우적거리는 것이며, 그 과정에서, 우리가 보지 못하고 지나친 것, 보려 하지 않는 것, 볼 수 없다고 말해온 것들이 어떻게 가시성을 띠고 잠시 우리를 찾아오고 사라지는지, 그 양상을 폭죽같이 폭발하는 언어로 펼쳐낸다. 그의 시에서 은밀하고 오래된 폭력(적인 것), 올바름의 탈을 쓴 정치(적인 것), 억압하거나 억압되어온 것, 아름다운 것들이나 항용 좋다고 여겨진

1   정한아, 「쪽팔리는 일」, 『어른스런 입맞춤』, 문학동네, 2011.

것들, 무의식(적인 것)과 일상(적인 것), 기적(과도 같은 것)과 비극(적인 것) 등이, 삶의 현장에서 근본적인 사유의 대상으로 거듭나는 것은, 무엇보다도, 의심에 의해서, 의심을 통해서이다.

1. 의심: 한 걸음 뒤로 혹은 앞으로, 혹은 어느 미지의 차원까지

493. 그러니까, 아무튼 판단이란 것을 할 수 있으려면 나는 어떤 권위들을 승인해야 한다는 것인가?

— 루트비히 비트겐슈타인[2]

의심은 단순히 기존의 논리에 의문부호 하나를 가져다 붙이는 것이 아니다. 의심은 삶의 낯선 조합들을 표현 가능한 영역으로 포섭하여, 사유의 위기를 드러내고, 결국 새로운 사유를 이끌어내는 분기점 역할을 하면서, 자아를 철저히 대상화할 때만 드러나는 반성적 성찰은 물론, 또 다른 의문들, 그러니까 이 세계에 좀더 총체적인 물음들을 지금-여기에 끌어다 놓는다. 「봄, 태엽」을

---

2 루트비히 비트겐슈타인, 『확실성에 관하여』, 이영철 옮김, 책세상, 2006, p. 120.

살펴보자.

  쓰는 일을, 읽는 일을
  게을리해도 아무도 벌하지 않고
  생각을 중단해도 누구 하나 위협하지 않는
  더러운 책상 앞
  불빛은 떨어지고 밤이면 길에서
  조용히 죽어갈 어린 고양이들의
  가냘픈 울음소리

  남의 땅이 흔들리는 일에 익숙해져간다
  누군가의 선택이 어쩔 수 없는
  운명이 되어 모두에게 돌아온다
  범람하는 하천처럼 세슘처럼

  역사란 불행이란 대박의 행운이란
  더러운 것
  돈을 좋아하고 돈으로 이웃을 돕는 선의 아무렴,
  그것은 팬티처럼 마음이 놓이니까
  자기의 살던 곳을 한 번쯤 순례하고픈 향수
  사랑, 무엇보다
  사악한 흑심 알고 보면
  이름 없는 나를 생각하며 천천히 연필심을 가는 일

이게 모두 한마음이라니

도무지 장난칠 맛이 안 나는 날
밥 먹는 일을 등한히 하여도 누구 하나
엄포를 놓지 않는
입투도 등투도 없는
더러운 책상 앞

손 없는 새들이 깃털로 창공을 어루만질 때
죄 없이 부푸는 잎맥의 감탄과 탄식 사이에서

일이란 무엇인가
사람의 일이란 대체 무엇인가

시인의 고백 혹은 탄식은 프로이트가 '친숙하지만 낯선 것unheimlich'이라고 말했던 무엇, 그러니까 자아의 내부에 이미 거주하고 있지만, 좀처럼 드러나지 않는 마음의 무늬를 꺼내어 경험처럼 적었다는 인상을 준다. 그런데 말투가 조금 이상하다. "조용히 죽어갈"이나 "자기의 살던 곳을 한 번쯤 순례하고픈 향수" 같은 대목, 무엇보다도 "이름 없는 나"와 같은 구절은 시인이 어디에서부턴가 추방된 듯이 현실을 살아가고 있다는 사실을 의식하고 있음을 부러 알려주는 것만 같다. 대관절 어떻게 된 일인가? "순례"의 장소가 아니라 차라리 유배지와 닮아 있는 연옥煉獄과도 같은 이 세계, 그러니까, 생이라는 이름으로 우리가 잠시 머무르는 곳, 신의 판결에 따른 처분을 기다리는 곳, 여기의 모든 것을 가능하게 해준 어떤 존재를 의식하지 않을 수 없는 그런 곳이 우리가 살고 있는 지금‒여기와 흡사하다는 것인가? 중요한 것은 이와 같은 인식이, 정한아의 시에서 주저나 망설임, 회의나 의심을 통해, 신이나 삶 전반과 관련되어 품게 된 죄의식과도 닮은 모종의 감정이나 상태를 드러내고, 결국 그 무엇도 함부로 확신할 수 없음으로 인해 주변을 색다른 눈길로 살펴볼 가능성을 창출해낸다는 것이다. 의심의 시선은 바로 이렇게, 비판의 무게가 작다고 말할 수는 없는, 진지하면서도 한편으로 저주받은 것과 같은 끈덕진 회의나 성찰의 목소리를 현실에 적재하는 근본적인 이유로 자리 잡는다. 이런 물음이 그래서 가능하다. 왜 "더러운 책상"인가? 학생의 주업이라 할 "쓰는 일"과 "읽는 일"은 사실, 어떤 형태의 의무도 아니며, 따라서 게을리한다 해도, 현실에서는 달리 "벌"을 받거나 "위협"에 처하거나 하지 않는다. 그러니까 이 시인에게는, 흔한 노동이 갖는 저 시간의 구속에서 학생인 자신이 비교적 자유롭다는 사실이, 오히려 조그마한 죄의식을 불러내는 것이다. 이렇게 "더러운"은 책상에서 수행하는 거반의 작업이 현실에 과연 어떻게 기여하는지 묻는 근본적인 의문을 결부시킨다. 책상머리를 지키고 앉아 행한 수많은 독서, 팔을 괴고 하루 종일 그 위에서 쓰고 또 읽으면서 얻게 된 지식이나 관념, 이를테면 철학 따위가 현실에서 무언가를 실천하는 데 곧장 소용되는 것은 아니며, 또한 배운 만큼, 읽은 만큼, 마땅히 그럴 것이라 기대하게 될 정치적 변화나 개혁을 단박에 이끌어내는 것도 아니다. "더러운 것"은 '노동'에 대한 반성적 사유를 시 전반에 결부시키지만, 모든 것이 예정되어 있다는 식의 체념의 말투로 되감아낸 저 묵시록 같은 언술은 오히려 반성의 힘찬 직진조차 방해하고 만다. 파업조차 할 수 없는, 그래서 결국 '태업'이라고밖에 표현할 없는 마음을 그러니까 우리는 이와 같은 죄의식의 소산이라고 여겨야 하는 것일지도 모른다. "사람의 일이란 대체 무엇인가"가 시의 결구인 까닭이 여기에 있다. 물음은, 항상 의심과 탄식 사이 어느 지대에 위치하는 것이다. "역사란 불행이란 대박의 행운이란" 과연 무엇인가. 탄식을 감춘 물음이나 물음을 머금은 탄식 중 하나라고 해야 할 이 문장은, 성찰을 예비하면서 뫼비우스의 띠처럼 또 다른 물음을 불러낸다. 역사 속에서 빚어진 불행을 편안한 방석처럼 깔고 앉아 태연히 살아가는 자들의 행운과 그들이 누리는 행복이, 더는 현실에서 아이러니나 모순처럼 여겨지지 않을 때, 과연 우리는 무슨 말을 할 수 있을까? 어느 비판받아 마땅한 자가 축적한 수상쩍은 금전이 타인에게 증여나 기부의 형식으로 '선善'이라는 외양을 획득할 수 있다는 사실은 또 어떻게 설명되어야 하는 것일까?

'사랑'도 사정은 마찬가지다. "사랑"이, 발음하자마자 입술에 감기며 폴폴 풍기는 저 어감의 달콤함에 부합한다는 증거는 그 어디에도 없다. 사랑은 아름다운 것도, 행복으로 직결되는 것도 아니다. 오히려 사랑은 현실에서 자주 기만의 탈을 쓴다. "알고 보면" 사랑은 "사악한 흑심"과 다르지 않다. 그것은 추잡한 욕망의 변형일 수 있다. 사랑하는 일 자체가 이기적인 자아의 투영이자, 보고 싶은 것만을 타인에게서 훔쳐, 그와 나눠 가졌다고 믿는 착각일 수도 있는 것이다. "어째서 모든 진심은 이토록 난해한지", 알 수 없으며, 어째서 "사랑은 가장 큰 모욕과 근친인지, 여전히/이해할 수 없는 노릇"(「돌림노래」)이라고 시인은 말한다. 사랑이나 행복은 차라리 "실종된 우리들의 理想"이라는, 한 차례 부정된 '이상'의 또 다른 부정적 괄호["사랑(저런, 저런,)" "행복(아니, 아니,)", 「어제의 광장과 오늘의 공원 사이」]일 뿐이다. 부정에 대한 우리의 놀라움은 그러나 여기서 멈추지 않는다. 시는 이와 같은 사유조차, 확정이 가능하지 않은 상태로 환원해내기 때문이다. 문제는 여기에 있다. 의심의 고리들은 정한아의 시에서 바로 이런 방식으로, 한 차원 더 복합성을 지니며, 고유한 시적 순간들을 만들어내는 데 일조한다. 다시 「봄, 태업」의 일부를 살펴보자.

사랑, 무엇보다도

사악한 흑심 알고 보면

이름 없는 나를 생각하며 천천히 연필심을 가는 일

"무엇보다도"는 "사랑"을 수식하는 동시에 "사악한 흑심"도 지시한다. "알고 보면"도 바로 다음 행의 관형어구 전반을 지칭하는 동시에, "사랑"과 "사악한 흑심"의 동격도 보조한다. "흑심" 역시, 최초의 나를 떠올리며("이름 없는 나를 생각하며") 시를 쓰기 위해 뾰족하게 깎아낸 "연필심"을 보어로 삼는다. 행의 독특한 배치와 구분은, 언표의 차원, 그러니까 문법에 기초한 소통을 방해하거나 메시지의 결집을 흩뜨리는 데 그치는 것이 아니라, 정한아의 시집 전반에서 의심이라는 사유의 지점들을 버럭 일으켜 세워 고유한 시적 단위를 구축해낸다.

그래, 금요일

반드시 한 번쯤은 물을 주기로 한다면

가정이 없어진 나와 가정이 없어진 당신이

만나서 가정이 된다면

대단한 일 아닌가 온갖 가정적인

말을 할수록 현실이 된다면

[……]

기적은 가정이 없었던 일 인분의 평온을 일단 파괴하고

여러 가지 더 큰 가정을 허할 테니까 그러니까

나, 크루소가 아직 보인다면

좋겠지, 하지만 노상 보고 있지만 않는다면 더

좋겠지, 그래, 금요일

찾아온다면 그 도둑고양이가 놓고 간 어린 것을 내가

던져버리지 않도록

(무엇이 나쁜지 아는 자와 나쁘다고 일컬어지는 일을 하

지 않는 자는 어떻게 구별되는가?)

나는 벽장 속에 지금처럼 얌전히 있을 테니

거울은 제발 돌려놓고 가끔

나가준다면, 어린 고양이와 화분과 나를 남겨두고

—「크루소 씨의 가정생활」 부분

이 세계는 모든 것이 일어날 가능성을 머금고 있다.
그 숱한 가능성 중에서 우리가 진리라고 확신할 만한
것이 존재한다면, 그것은 끊임없이 수정된, 그렇게 가정
(假定, hypothesis)되고 다시 조정된, 그 과정에서 생겨난
오류들의 집합일 뿐이다. 확신은 가정을 통해 의심의

영역으로 진입하며, 이 과정은 의심이 모면받는 하나의 공리axiom를 찾아낼 때까지 끝을 알 수 없을 만큼 반복된다. 정한아의 시는 추론의 반복 속에서 결국 의심하고 있는 자신만은 부정할 수 없다는 사실을 발견하고 철학의 제1원리로 삼은 어느 철학자의 테제를 환기하는 게 아니라, 세계에서 일어날 수 있는 일과 그 개연성을 통해, 자신의 눈에 비친 일상을 '혹시나'와 '설마' 사이를 왕복하는 가정假定의 산물로 재편해내고, 가정에서 빚어진 물음의 공집합으로 전환해낸다. 누군가를 만나 가정家庭을 이루는 일이 이와 같은 가정假定에 교묘한 방식으로 포개어진다. 이렇게 '가정'은 최소한 두 가지 이상의 중층적 독서를 결부시킨다. "가정이 없어진 나와 가정이 없어진 당신"이 만난다? 가정家庭은 개인의 결정을 전제로 이루어진다. 그런데 가정家庭은, 흔히들 어렵다고 말하는 모종의 결심이 있어야 결혼을 하게 된다고 흔히 말하듯, 가정假定을 제거한 두 개인의 합의의 산물이지만, '가정 없음'의 두 개인이 만나 가정家庭이 탄생하듯, 새로운 가정假定이 생겨나지 않으리라는 사실을 확정하지는 못한다. 시인은 차라리 이와 같은 불가지의 명제들을 "대단한 일 아닌가"라며 감탄조로 받아내고, 나아가 "온갖 가정적인/말을 할수록 현실이 된다면"이라는 또 다른 가정假定으로 사태 전반을 되감아낸다. 그렇다.

1.   세계는 일어나는 모든 것이다.

1.1 세계는 사실들의 총체이지, 사물들의 총체가 아니다.

1.11 세계는 사실들에 의하여, 그리고 그것들이 모든 사실
     들이라는 점에 의하여 확정된다.[3]

"일어나는 모든 것all that is the case"은 가정假定을 가
능성의 영역으로 끌고 온다. 특정 시점에서 세계는 그
때까지 '일어난' 모든 것을 의미하지만, 영원이나 무한
의 관점에서 볼 때, 세계는 오히려 '일어날', 즉 가정假
定의 연속으로 빚어진 집합, 그러니까 아직 확정되지 않
았으며, 사실이나 진리로 여겨지기 전까지 오로지 '가
정'의 형식 속에서, 그렇게 우리의 의식 속에서, 우리의
상상력 속에서, 우리의 추론 속에서, 우리의 경험과 직
관 속에서 이루어지는 무한한 물음의 타래들처럼 구성
된다. "기적" 역시 동음이의어의 '가정'과 긴밀히 연관
된다. "기적"은 가정家政을 이룬다는 사실 자체의 성격
이기도 하다. 그렇기에 가정假定을 제거하고 가정家政
을 이룬 자들, 즉 "가정이 없었던 일 인분의 평온을 일
단 파괴"할 수 있다. 그래야만 기적이다. 시인은 그러나

3   루트비히 비트겐슈타인, 『논리 – 철학 논고』, 이영철 옮김, 책세상,
    2006, p. 19.

"기적"이 "여러 가지 더 큰 가정을 허할" 것이며, "노상 보고 있지만 않는다면" 더 좋은 무엇이라고 말하여, 가정假定의 반복, 그러니까 가정의 저 끝없는 연속의 마지막에 이 온갖 종류의 가정假定이 가능하도록 한 단 하나의 존재를 재차 가정하게 되고 만다는 사실을 끝내 밝혀놓는다. "기적"은 이렇게, 내가 나의 모습을 "거울"에 비추어 볼 때, 나의 의식 속에서 잠시 또렷해지며 가물가물 솟아나는, 어떤 '가지可知'의 존재이자 그의 '전능全能'이다.

> 언젠가
> 억양을 지우고 우리는 거울을 볼 거야
> 거기 있을 아무의 얼굴
> 이름을 붙여주면
> 얼핏 미소도 지을 것 같아
> 거울에도 파도가 일까 거기
>
> —「겨울 달」부분

나에게 달라붙어 나를 떠나지 않으며, 떼어내려야 그럴 수가 없는 존재는 그러니까 가정假定이 제거된 상태, 세상에 생겨난 온갖 의미와 사태를 제거한 다음에야 그려볼 수 있는 형상이기도 하다. 그런데 우리는 세상에서 갖게 된 온갖 통념이나 지식("억양을 지우고")을 없애고, 자신의 얼굴을 "거울"에 비추어 "거기 있을 아무의 얼굴"을 볼 수는 있는 걸까? 뒤돌아서, 이전으로, 기원을 향해, 저 최초의 시작점, 시에서 표현된 "거기"에 이를 때까지, 가정하고, 그 가정을 없애고, 다시 가정하고, 의심하고, 그 의심을 지우며, 오로지 물음으로 거듭되는 저 한없는 뒷걸음질로 만나, 다시 "이름을 붙여주면", 세계는 그러니까 다시 착수될 가능성에 놓이는 것일까?

2. 의심 : 신−불가지−죄의식/기다림−망설임

삶은 차라리 기적과도 같다. 삶에서 생각을 할 수 있다는 사실도 기적과 같다. 기적과도 같은 이 삶은 차라리 침묵을 잔뜩 머금은 미지와 공포, 확신할 수 없는 진실, 알려고 해도 알 수 없는 것들, 알고 있다 해도 어찌할 도리를 찾지 못하는 비극적 사태들로 가득하다. 굳게 다문 신의 저 입술에서 무엇 하나 흘러나오지 않아도, 그러나 이 세계에는 너무나도 다채로운 풍경들과 다양한 이데올로기와 남루한 사람들이 늘 바글거리며, 그러나 오늘도 지구는 근심도 걱정도 없이, 까딱없이 잘도 돌아간다. "이 모든 것은 헛되고 헛되었으나/세상은 언제나 완전"(「수국水菊」)한 것이다. 세계는 그 자체로 너무나도 잘 짜여 있지만, 아직 이름을 부여받지 못해 아우성치는 존재들의 함성은 오로지 소거된 목소리만을 내지르고 있어, 좀처럼 재현할 수 없으며, 쉽사리 표상되지 않는다. "활엽수림의 낙엽 무더기가/붉고 노란 비명"을 내지르는 오후, 말없는 활물들의 비명을 듣는 순간 찾아오는 처절한 공포는 무엇인가? 몸을 돌려 "젖은 도시의 아스팔트"(「편도선염을 앓는 벙어리 신神의 산책로」) 위에 서서, 누군가를 우연히 만나 "애처롭고 가냘프게 평화의 인사를 나눌 때"(「샬롬」), 바로 그 순간에조차 "아무것도 보이지 않고/아무것도 들리지 않게 되"(「편도선염을 앓는 벙어리 신神의 산책로」)어버린 일상의 내재성이 비참한 현재 위를 부지런히 돌아다니는 것을 시인은 본다. "없지만 사실적인 대상을 향한 이 난폭한 감정"(「독감유감 2」)은 바로 이 알려고 해도 알 수 없는, 오로지 물음만을 뱉어낼 뿐인 비극과 공포의 산물인가? "우연히 마주친 당신의 이름을 발음해보려/밤새 낑낑거리"(「편도선염을 앓는 벙어리 신神의 산책로」)는 시간들, 그렇게 저 "해석할 수 없는 밤"(「겨울 달」)을 지나오며, 그는 대체 무엇을 보고, 무엇을 끌고 가는 것이며, 또 무엇을 타진하고 있는가.

간밤에 일어난 일을 믿어도 되겠습니까?

신을 끌고 걸어가는 사람

여러분의 할머니보다 여러분에게 더욱더

신이 필요하다고 절규하는 사람

그가 강론을 마치자

고등부 학생 세 명이 동시에 하품을 했지만

그리스인들은

죽은 자를

괴로워하기를 그친 자들이라 불렀다지만

틱을 앓는 사제가 고통을 참으며

온몸으로 내뿜고 있는 평화의 인사

쉴 새 없이 흔들리는 그가 심겨 있는

그의 무겁고 따뜻한 신

—「다음날」 부분

   "절규"와 괴로움의 토로, "강론"과 고통의 인내 속에서 건네는 "평화의 인사"는 모두 '신'에게서 비롯된 것이거나 신을 향한 것이다. 여기서도 중요한 것은 동음이의어가 질질 끌고 다니는 '신발'이라는 해석을 시에 붙여내, 시인이 '신'을 이 세계에서 애면글면 우리가 끌고 다니는 신, 그러면서 "쉴 새 없이 흔들리는" 의문을 촉발시키고 마는, 오로지 그와 같은 방식으로 함께 지금 – 여기에 데리고 사는 신으로 되살려내고 있다는 점이다. 그의 문장은 일의적 해석을 경계하고 말의 뉘앙스를 절묘하게 살려내면서, 현실에서 예리한 칼날을 만지는 것과 같은 모양으로 물음을 벼려내고, 시적 언술 전반에 독특한 감정을 여기에 새겨 넣어, 기묘함과 사려 깊은 지혜를 동시에 움켜쥔다. 그의 시를 읽으며, 우리는 헤어나기 어려운 미궁에 당도해, 끊임없이 묻고 또 대답하기 시작하며, 자주 비감에 시달리고 죄책감에 빠진다. 신이 도래하지 않는 것처럼, 적절한 대답은 현실에서 늘 부재하지만, 그럼에도 의문의 시선을 던지는 일만큼은 멈출 수 없다.

　　그는 또 묻는다
　　물음을 벗어나는 일의 가능성과 의미에 관하여
　　그의 질문과 상관없이 그의 무덤 안에 떠도는 저 먼지
하나하나까지도
　　남김없이 등록되는 오늘의 치밀함에 관하여

　　지금은 작성되고 싶지 않아
　　실현된 계시의 일부가 되고 싶지 않아
　　답을 바라서가 아니라
　　구원을 위해서가 아니라

오직 이 빨간 망설임 때문에

비로소 아무도 따라오지 않는
오로지 자기 자신으로 가득 차 소란한
귀먹을 듯한 적요 속에서

끝내 그는 그를 자기 질문에 답으로 내어놓을 수 있을까
그의 얼굴이 그의 입에 먹히기 전에
고백하자면
고백이 그를 그 아닌 것으로 붙박아놓을까 봐
통성通聲으로 증언으로 누가 될까 봐

먼지는 사람이 되고 사람은 다시 흙이 되지만
아무도 그 전 과정을 지켜볼 수 없으니
그래서 불러보는
과학자, 시인, 하느님
존경해 마지않는
나이가 무지하게 많으신 분들이여

　　　　　　　　　　　—「성쪷 토요일 밤의 세마포」 부분

　고백은 사제의 입을 빌려 행해진다. 불행하게도 고백
은 발화되는 순간, 특정 사실처럼 규정되어 뭔가를 증
언하는 데 소모되어버리거나(“통성通聲으로 증언으로 누

가 될까 봐"), 자체로 휘발되어 하늘로 사라지고 만다. 의심은 물론 고백의 산물이다. 그런데 누가 말하는가? 고백은 과연 누구의 것인가? 고백의 주체와 대상은 정확히 그려지고 있는가? 시의 화자는 주체의 목소리를 흘려내는 입술일 뿐이다. 오히려 의심하는 주체, 묻는 주체가 시의 목소리 전반을 관장한다. "존재하기 시작한 순간부터 줄곧 상처 입고 있어서" 모든 걸 망각하려는 사람, 그럼에도 불구하고 "망각은 언제나 무엇에 대한 망각"(「어떤 봉인」)이라는 사실조차 의식하고 있는, 저 의심의 주체가 삶에서 흘려내는 물음들을 우리는 그의 시에서 듣는다. 의심은 '선악과', 그러니까 '인식의 과일'을 취한 뒤, 사리판단의 능력을 갖추게 된 인간의 특권이다. 시인은 영문도 모르고 세상에 내던져진 주인공이 되어, 세상 뒤에서 우리를 지켜보는 신이 간혹 흘려보내는 거대하고도 위대한 프로젝트를 규명될 수 없는 불가지의 실루엣처럼 차곡차곡 기록해낸다. 시에서 던진 물음은 항상 시 밖의 또 다른 물음을 예비한다. 우리는 그저 신의 편재를 묵묵히 받아들인 저 거대한 역사의 보잘것없이 작은 조각일 뿐인가? "자기 멱살을 잡고 자기를 물 밖으로 끌어내는 사람"이 던지는 의심은, 끝까지 진리를 탐구하기 위해 '내가 아는 것은 무엇인가'를 물으며 "무덤 안에 떠도는 저 먼지 하나하나까지도/남김없이 등록되는 오늘의 치밀함"을 "빨간 망설임"

으로 되받아내고, 그렇게 현실에 커다란 구멍을 낸다. 이것은 회의이자 그 자체로 도전이다. 죽음이나 파멸 이전, 살아 있는 인간이 던질 수 있는 최대치의 물음, 그리고 물음을 던지는 행위조차 의심하고야 마는 강력한 주체의 탄생을 우리는 이렇게 목도한다.

> 기다림 뒤에는 수난
>
> 수난 뒤에는 실종
>
> 실종 뒤에는 조금 다른 기다림
>
> 조금 다른 기다림 뒤에는 조금 다른 수난
>
> 조금 다른 수난 뒤에는 조금 다른 실종
>
> 조금 다른 실종 뒤에는 조금 더 다른 기다림
>
> 불현듯
>
> 모든 같은 것이 굉장히 다르다는 것을 알게 된다
>
> ―「성찬」 부분

> 믿을 수 없다 여기는
>
> 하늘의 딱 한 발 아래
>
> 무저갱으로부터 딱 한 번 뛰어오른 곳
>
> [……]
>
> 여기는 하늘의 한 발 아래

사계절이 분명하다는 곳
맵고 짜고 견딜 만한 곳

당신은 재빨리 내일의 계획 속으로 도망합니다

오늘이 당신을 천천히 따라가고 있다
저렇게 무거운 게 하늘을 날다니!

조형 가능한 물질 속에 나는 지낸다

[……]

녹아내리는 조립식 완구의 완벽한 세계(뛰고 달리고 구
부리고 앉고 집어올리고 매달리고 미끄러지고 집도 짓고 불
도 끄고 아픈 사람 도와주고 멋진 자동차로 어디든지 가고
우주를 날으는)
    분리 직전의 영혼(아니, 우리 영혼은 피와 물을 쏟다가
육신에 들러붙어버렸어!)
    위태로운 안락(그녀는 원칙이 너무 뚱뚱해서 휴거/수거
될 수 없을 것이다?)
    익숙한 공포(스읍! 살 것 같아)
                                    —「영도零度」부분

신의 존재를 의식하고 삶을 성찰하면서 날카로운 사유를 벼려내는 자아는, 신이나 큰 존재에 대한 규명보다(사실 불가능하므로), 오히려 불안한 자아나 세계의 불확실성에 대한 맥없는 고백과는 사뭇 다른 경험, 가령, 권태나 멜랑콜리, 기다림이나 수난과 같은 매우 파괴력 있는 주제를 백지 위로 끌어들여, 지금 – 여기의 현실에 커다란 구멍을 내고 그곳으로 침투하여 비판과 의심의 목소리를 돋아낸다. 여기는 나보다 큰 존재, 나의 불확실성을 제거해줄 수 있는 존재, "억양을 지우고" 거울처럼 마주할 수 있는 존재의 의지로 그저 "딱 한 번 뛰어오른 곳"이거나 "딱 한 발 아래" 펼쳐진 곳이다. 시인에게 이 세상은 무언가를 유보할 수밖에 없는 기다림의 장소이며, 이 기다림의 장소는 수난과 실종의 반복으로 채워지는 무한한 공간이다. 조립식 완구가 타율적 힘에 의해 수동적으로 작동하듯, 이러지도 못하고, 저러지도 못하는 사태! "분리 직전의 영혼" "위태로운 안락" 속에서 찾아오는 "익숙한 공포"에 푹 젖은 삶! "도망합니다"와 "따라가고 있다"의 교차식 서술이 현실 이외의 또 다른 차원을 결부시켜, 신의 자장을 만들어내는 콜라주와 같은 저 거친 기법! 이율배반적인 두 가지 요소가 하나로 모여 있는 곳, 긴장이 팽배해 공포가 되는 곳, 주변이 타율의 조형처럼 구성된 곳, 연옥이 아니라면, 이곳을 대체 무엇이라 부를 수 있을까?

큰 존재라는 알레고리는 영혼, 기다림, 공포, 죄의식, 태도처럼, 탈근대가 징검다리를 밟고 한계를 훌쩍 뛰어넘었다며 자랑스레 그 대신 펼쳐놓은 해체나 분열 등을 비롯한 온갖 포스트모던식의 모호한 철학적 개념들을 다시 잡아채, 지상 위로 질질 끌고 온다. 신이나 영혼을 부정하거나 적어도 그와 같은 테제에 매달리지 않는다고 표명하면서 거뜬히 근대를 통과했다고 믿는 세계관을 정면으로 반박하며, 정한아는 "어리석은 날들을 수정해보려고/수정해보려고"(「PMS」), "소리 없이 가능한 한 멀리 내어 뱉는/씨앗 같은 문장부호들"(「폭염」)로 확실성과 불확실성 사이에 줄을 매달고, 제 실존과, 그 실존을 가능케 한 기원을 이 팽팽한 줄 위에서 저울질해보는 일을 포기하지 않는다. 죄의식을 더 나쁘게 반복하는 것도 마찬가지다. 병조림 같은 지구에서, 기원도 구조도, 어느 것 하나 명확하지 않은 이 더럽고 오염된 위성에서 탈출하는 방법? 그런 게 있을 리가 없으며, 그 방법을 알 리도 없다. 우리는 모두 약한 존재이며, 그와 같은 다면체의 내면성을 지니고 있으면서도, 그 사실을 알지 못하거나 알려고 하지 않는다. 그래서일까? 약한 존재를 죄인으로 만들지 않으려면, 자신이 더 나쁘게 죄의식을 반복하는 수밖에 없다. "신념으로 이 도서관을 지키고 있고 이웃을 사랑하고 싶"어 하지만 "무엇보다 지구가 걱정"되어 "폭염주의보"가 내려도 "열람실 냉방기 스위치"(「창백한 죄인」)를 켜지 않는 도서관 직원의 심리는 또 어떻게 설명될 수 있는가. 우리는 왜 "너무 예민한 것들 앞에서는 죄인"(「미모사와 창백한 죄인」)이 되고 마는가?

.

3. 의심 : 화폐, 노동, 가격

> 돈은 점점 더 모든 가치의 절대적으로 충분한 표현과 등가물이 됨으로써, 추상적인 수준에서 모든 다양한 대상을 초월하게 된다. 또한 돈은 지극히 대립적이고 이질적이며 멀리 떨어져 있는 사물들이 공통점을 발견하고 서로 접촉하는 중심이 된다. 이렇게 해서 돈은 사실상 신처럼 개별적인 것을 초월하도록 해준다.
>
> — 게오르그 짐멜[4]

이번 시집에서 그는 신이라는 관념, 신이라는 체계, 신이라는 기원의 복잡성과 확신 불가능성에서 촉발된 사유가 오히려, 일정한 패턴 속에서 이성과 평등, 근면과 노동으로 포장한 자본주의의 저 모든 것을 탈신비화하고 획일화하는 삶을 의심의 시선으로 감아내고 결국

---

4   게오르그 짐멜, 『돈이란 무엇인가』, 김덕영 옮김, 길, 2014, p. 77.

비판하는 저항의 힘을 품고 있다는 사실을 조금 더 끈질기게 밀어붙인다. 근원적인 것에 관한 사유는 존재의 끝까지 의심을 거듭하며 거슬러 올라 제 모습을 비추어보는 거울이나 지금의 형상을 지니기 이전의 원시적인 상태, 즉 애초의 질료와 그 질료에 가해지는 노동과 재화, 화폐에 대한 사유로 이어진다.

> 누굴까.
> 맨 처음 쇠를 구워보자고 생각한 사람은.
> 그는 시커멓고 땀으로 번들거리며 웃통을 벗고 있고
> 정교하고도 힘찬 손놀림으로 불과 냉수 사이를 오가며
> 아름다울 금속 물질을 단련시킨다.
> 그것은 값비싼 금이나 은이 아니라 강철이다.
> 이 차갑고 단단하고 정교할 사물을 만들기 위해
> 오늘도 그는 뜨겁고 검게 빛나고 있다.
> 그의 눈빛은 신념으로 가득 차 있을 것이다.
> 입은 굳게 다물어져 있을 것이다.
> 싸구려 말로 천 냥 빚을 갚으려는 자들과 달리
> 딱딱한 침대에서 잠들 것이다.
> 그러나 그는 개의치 않으리라.
>
> ─「대장장이」전문

대장장이의 노동은 아름답다. 고도의 집중 상태로 단

단한 것을 만들기 위해 "아름다울 금속 물질을 단련시" 키는 그의 노동은 무엇보다도 고됨에 개의치 않고 "뜨겁고 검게 빛나"는 당당함과 치열함을 뿜어낸다. 대장장이의 신념은 아직 형태를 갖추기 전, 그러니까 "값비싼 금이나 은이 아니라", 상품이나 재화를 교환할 화폐 이전의 질료, 즉 강철을 벼려내는 데 쏟아낸 열정으로 활활 타오른다. 그리고 이렇게 담금질해낸 단단한 강철로 동전이 만들어졌다.

> 지금 막 주조해낸 반짝이는 작은 동전
> 나는 이것을 혼자 비밀스럽게 만지작거릴 수도 있고
> 당신에게 건네줄 수도 있고
> 당신은 그것을 혼자 비밀스럽게 만지작거릴 수도 있고
> 그나 그녀에게 건네줄 수도 있고
> 그나 그녀는 그것을 혼자 비밀스럽게 만지작거릴 수도 있고
> 위조할 수도 있겠지
> 누가 만지작거리든
> 언젠가 닳을 것이 분명한 차가운 동전
>
> [……]
>
> 어쩌나, 그의 벌어진 입에 방금 만든 동전을 넣고 염해

보아도

　염병할 시신詩神은 건강한 노동자처럼 태평하게 코를
곤다

　나는 그를 사랑하고
　그는 숫자 없는 강철 동전을 사랑하고

　그렇지만 숫자 없는 강철 동전은 ……
　어라? 앞뒤에 그려진 이 그림은 ……
　게다가 가장자리에 조그맣게 씌어 있기를,

　(아이 쌍, 저 사탄을 콱!)

　던지면 언제까지나 부서지지 않을 것 같은
　땡그랑
　아름다운 소리가 난다

―「대장장이의 아내」 부분

숫자가 매겨진, 즉 값을 지닌 화폐는 오로지 하나의 세계를 주장한다. 화폐는 그 자체로 악한 것도 선한 것도 아니다. 교환을 매개하는 경제 현실, 즉 수단일 뿐이다. 교환에 단일한 논리를 부여하고, 이 논리 안으로 재화를 포섭하고 배분하고 조절할 뿐이다. 그러나 화폐는 세계에 존재하는 다양한 감정, 차이, 굴곡 들을 지워버린다. 화폐는 차이가 낳은 불안과 공포와 위험을 일시에 소거한 대가로, 특성과 차이를 소멸한 대가로, 우리에게 초월적 가치를 선사한다. 화폐가 전제하는 등가의 교환은 저 감정과 노동과 사고와 물질을, 평등하고 공정하게 재편할 수 있다고 말한다. "숫자가 새겨지지 않은 작은 동전"의 상태, 즉 확정이 가능하지 않은 것들을 확정 가능한 것들로 등치시켜 세상의 모든 이질적인 것을 동일한 것으로 바꾸어버리는 저 등가의 원리는, 공정한 몫을 소유할 초월적인 기준이 존재한다는 환상을 부여한다. 자본주의 사회에서 돈은 등가를 바탕으로 절대적이고 공정한 거래를 공표한다. 그러나 사실 이러한 거래는 존재하지 않는다. 숫자의 상대성이 돈의 공정성과 절대성 뒤에 늘 숨어 있기 때문이다. 자본주의 사회에서 '돈'은 노동의 대가를 나타내는 징표가 아니라 숫자의 객관성이라는 환상 뒤에 숨어, 조작되고, 남용되고, 파괴되고, 유용되어, 어느 누군가의 손에 뭉텅 주어져 권력이 되거나, 그런 후 또 잠시 손아귀를 돌아 나와 사라질 뿐인, 무수하게 "만지작거릴 수도 있고", 타인에게 "건네줄 수도 있고", "위조할 수도 있"는 무형의 실체이기 때문이다. 돈은 순환한다. 순환하면서 돈은 매개하고 조절하고 분배하고 개입한다. 돈은 공정함과 균일함과 동등함을 자처하며, 제도는 돈의 이 공정성 - 균일성 - 동등성을 보장하려고 애쓴다. 프로 스포츠 선수가 받는 기하학적 액수의 연봉 앞에서 우리는 놀람을 금치 못하면서도, 이들과 소방관의 연봉이 엇비슷하게 책정되어야 한다고 말하는 사람을 바보로 취급하는 사회에 살고 있다. "염병할 시신詩神은 건강한 노동자"와 마찬가지로 숫자의 논리 앞에서 "태평하게 코를 곤다"고 말한다. 정한아는 아직 가격이 매겨지지 않은, 숫자에 포섭되어 동일성 안에 차이를 부정하며 거래되기 이전의 동전을 "내 이상의 질료"로 여기는 동시에, 동전 자체나 그것을 탐하는 마음을 "사탄"이라고 저주한다.

> 알 수 없는 용도가 변경도 안 되고
> 인수 뒤에 알고 보니 주인이 따로 있는
> 먹어서 배부르면 그만인
> 원산지가 자주 바뀌고 포장지를 갈아입는
> 머리에 털 난 짐승들 이야기예요 정말이지
> [……]
> 자꾸 불량품을 탓하는데 문제는

컴퍼니라고 코퍼레이션이라고 페더레이션이라고들 합
디다

(늬 스마트폰이 널 그렇게 가르치디?

이 시의 제조번호가 궁금한가?

그보다, 가격은?)

빈 병으로 유토피아를 만들 수도 있을까요?

그건 재활원일까요?

약은 약사에게 진료는 의사에게

저는 왜 자꾸 이런 문구들이 켕기죠?

취급 주의

깨뜨리면 사야 함

이 제품은 교환, 반품이 불가합니다 양해 바랍니다

　　　　　　　　—「자기가 병조림이라 믿은 남자」 부분

　　　　　멋진 명찰과

　　　깔끔하고 작은 글씨의 가격표

　　　쾌적한 디자인의 야구 방망이

　　　　　　　　무엇이든 가격할 수 있는

[……]

　　　　　이제 막 쏟아질 것만 같은

　　　　　스타일과 결별한

　　　　　그 무엇도

지루함보다 나쁘지는 않기 때문에

곧 깊은 망각 속으로 떠나버리는

모든 최근의 대의명분들

색깔이

때깔이!

중요한

당분간 기분을 좀 나아지게 할

영원히 달라지는

흘러가는 움직임

신비지 않는 풀리

지칠 때까지

구역질이 날 때까지

그 무엇도

지루함보다 나쁘지는 않기 때문에

—「유행」부분

  말은 거칠고, 광고가 시에 날것으로 붙었다. "깊은 망
각 속으로 떠나버리는/모든 최근의 대의명분들"이 "무
엇이든 가격할 수 있"다고 믿는, "색깔이/때깔이!/중요
한" 상품을 만들어낸다. 상품은 가격을 통해 무언가가
'가격'한다. 누군가를 환자라고 여기는 판단은 무언가
를 측정하고 나눈 결과에서 비롯된 것이다. 구분하기,
분류하기, 차별하기의 원리는 우리가 살고 있는 자본주

의 사회, 화폐의 등가성으로 불균등한 모든 것들과 차이들을 획일화하는 세계의 근간을 차지한다. "마빡에 의무적으로 바코드를 박았으면 좋겠"(「자기가 병조림이라 믿은 남자」)다고 말하는 이 '남자'가 '불량품' 판정을 받는다면, 그것은 개개의 차이를 획일화된 기준으로 제품화하는 조직, 즉 컴퍼니와 이 컴퍼니의 작동, 그러니까 코퍼레이션과 이 코퍼레이션의 전 지구적 작동 체계, 다시 말해 페더레이션에 의한 상품화의 원리에 따를 때만 그런 것이다. '자기가 병조림이라 믿은 남자'는, 그러니까 마치 시와 같다. 시의 가격을 매길 수 없다고 한다면, 그것은 오로지 "영원히 달라지는/흘러가는 움직임/신비지 않는 풀리"처럼, 가격이나 그 무엇의 획일화된 기준으로는 측정 가능하지 않은 예술의 속성 때문이다. 가격을 매길 수 없는 예술의 성질이 여기서 환자의 규범에 구속되지 않는 행위와 병치되어 나타난다. 구조적인 문제야, 체제의 작동 방식을 살펴야 해, 맥락을 놓치면 곤란해 같은 말들은 얼마나 간단하며 또한 편리한가. 불길한 추측과 예감, 민감한 마음이 현실이 되었을 때, 사상과 이념, 사유와 개념이 카드로 만든 집처럼 단박에 허물어져 내릴 때, 크고 작은 재난들이 무람없이 넘나드는 저 취약한 현실 사이로 깃드는 세기말의 불길함과 멜랑콜리는 차라리 낭만에 속하는 것일 뿐인가?

우리는 앞서 그의 언어가 거칠고 투박하다고 말했다. 신문 기사나 정탐소설처럼, 추적 기사처럼, 그는 "공부가 노동이 되고 문학이 상품이 되어버린 현실"(「나는 왜 당신을 선택했는가」)을, 정신분석가에게 털어놓은 환자의 고백들, 텔레비전 프로그램에 출연한 평범한 사람의 인터뷰, 누군가가 누군가에게 건네는 푸념, 시니컬한 비판을 닮은 조롱, 철학서의 한 줄을 빌려 따지고 드는 말대답이나 방어적 언사의 형태를 지닌 "앵무새의 험담"(「만화방창萬化方暢」)을 기필코 기록해낸다. 하나하나 살펴보면, 그것은 "형언 불가의 색채에서 임박한 죽음을 읽"거나 "지난 시절의 광영을 읽고"서, 또는 "영겁/회귀를 읽"거나 "이유 없는 뜬금없는 희망과/이겨낸 시련을 읽고"서, 더러 "무채색의 존재론을 읽"(「꽃들의 달리기, 또는 사랑의 음식은 사랑이니까」)고서 뱉어낸 말들과도 닮아 있다. 그대로 받아 적은 것과 같은 인터뷰 형식도 가미된다. 파편의 조합들, 한번 사용된 문장들의 재배치나 평범한 명제의 나열("이것은 책상이다/사람이 되려거든 사람이 되고 싶어 해라", 「생일」)로 이루어진 이 언술들에는 비유나 왜곡이 끼어들 틈이 없다. 대화와 물음, 취조나 일기, 보도 같은 문장들에는 마치 세계를 대상으로 한 "해부학 수업"(「(단독) 추문에 대하여」)의 흔적이 자리한다. 통념의 거짓 명증성에 대항하는 리얼리티적 시적 언어들로 가득한 그의 시집은 따라서,

비판적이고 파편적으로, 아마추어적인 잔일에 종사하는 것 같은 외양을 기꺼이 선택한다. "비유 속으로, 풍자 속으로, 환상 속으로/이제 더는 도망갈 수도 없는 노릇"(「돌림노래」)이라는 자각은 이처럼 우롱당하는 사유의 권리들을 방어하면서 가정과 의문을 지면에까지 밀어붙여 이념이나 담론에 문제를 제기하며, 나아가 전복하는 시적 언어의 혁명성을 일구어낸다.

노동labor과 일work의 차이에 대해(생존과 욕망 충족을 위해 행하는 육체의 동작인 '노동'에서 자신의 재능을 발휘하여 일의 재미와 일정한 명예를 바라며 수행하는 제작활동인 '일'로의 이행은 가능한가?), 아름다움의 '협잡'과 '기만'에 대해(예술은 인격과 별개인가? 아름다움의 폭력, 폭력의 아름다움은 무엇인가? 예술이라는 이름으로 도덕을 기만할 수 있는가?), 용서할 수 없는 생의 폭력적인 단면들과 끊임없이 회전하는 지구의 저 병리적 무의식에 관해(환대라는 이유로 타자를 공동체에서 격리할 수 있는가? 무조건적인 환대는 가능하기나 한가?), 미학과 정치의 모순에 대해(가장 아름다운 것이 가장 정치적일 수 있는가?), 숭고한 위선이나 매 순간 닳게 되는 이 삶에 편재하는 죄의 무게에 관해(세계의 우연성은 왜 자주 비극의 양상을 띠고 재현되는가? 보편성과 개별성은 양립이 가능한가? 자유는 무엇인가?), 그렇게 이 매 순간을 의식하고야 마는 사유라는 이름의 저 괴물 같은 정신적 운동에 관해, 거침없이 진술하는 언어, 그러니까 '불량한' 언술, 이데올로기가 결코 이길 수 없는 삶의 리얼리티와 현재성을 고스란히 담아낸 물음들이 이 시집을 가득 메우기 때문이다. 이 리얼리티와 현재성은 고통이나 상처의 기록은 아니다. 그것은 비판과 비평과 냉소와 비웃음과 아이러니와 저항과 비타협이 뒤섞인 자기 내부의 반영이자, 공동체적인 촉구, 혹은 탐사라고 할 수 있다.

정한아의 시는 가식이 없다. 에두르지 않고 직접 치고 들어가는 날카로운 창과 같은 언술, 그래서 결국, 솔직하다는 말로밖에 표현할 길이 없는 실천적 발화, 팔짱을 끼고 멀리서 이해한다고 위로하며 주억거리는 연민이나 동정이 아니라, 기필코 자기를 걸고 임하는 타자와의 내기, 내 의식의 밑바닥을 훑는 깊이로 나를 보여주지 않으면, 타자도, 미지도, 불가지도 볼 수 없다고 말하는 사랑이다. 낙관이나 희망, 희구나 확신, 안심과 위안 같은 것들을 손쉽게 움켜쥐지 못한다는 사실을 의식하고 비판의 구심점으로 삼을 때만 가능한 부정성의 언어이다.

4. 의심이라는 무한의 괄호: 부정성의 예술

예술 작품이 어떤 사회적 기능을 지닌다고 단언할

수 있다면 그것은 작품의 무기능성이다. 예술은 마법에
걸린 현실과 거리를 둠으로써 존재자들이 본래의 올바
른 위치에 놓이게 되는 상태를 부정적으로 구현한다.

— 테오도르 아도르노[5]

　정한아의 시는 의심하는 주체가 끝까지 비판을 멈추
지 않는 부정성의 정신으로, 그렇게 모든 영역에서, 모
든 경험에서, 모든 사유에서, 정치에서 시에서, 존재에
서 일상에서, 감각에서 개념에서, 물음을 띄워 사유의
고리들을 붙잡아, 탐구의 상태, 직접적으로 말하면, 긍
정하지 않는 상태, 긍정의 이면에서 사라져버리는 물음
들조차 예측 불가능한 폭발물처럼 투척하는 언어로 담
아낸다. 그는 불행이나 행운, 자아와 타자처럼, 대립 구
조 속에서는 좀처럼 사유될 수 없는 틈을 찾아, 양자의
겹침과 충돌에서 불거져 나오는 모순을 의심의 시선으
로 과감히 파고들어, 이 세계에 만연한 이분법에 한차
례 부정의 구멍을 내고, 그곳으로 짓치고 들어가 두 발
을 현실에 군건히 디딘 채, 다시 움켜쥐는 혁명의 언어
로 부정성의 정신을 실현한다. 예술의 역할이나 가치는
바로 여기에 있다.

5　테오도르 아도르노, 『미학이론』, 홍승용 옮김, 문학과지성사, 1984,
　　p. 351.

너무 좋아서 차마 들을 수 없는 노래. 다 들어버리고 나면 삶이 지나치게 비루해져버릴 거라. 모든 좋은 노래는 이곳에서 났으나 이곳 아닌 곳에 우리를 데려다 놓고, 이곳 아닌 곳이 노래 속에만 있을 것이라 믿으므로 우리는, 이 곡을 듣고 나면 미쳐버리는 거라. 올라갈 수 없는 높은 산에서 눈을 뜨는 거라. 그러나 그 곡이 끝나고 나면, 비루한 삶이 그리워 우는 거라. 이곳이 아닌 곳이 너무 추워 우는 거라. 눈 감은 채 고양된 황홀은 추락의 느낌과 너무나 흡사하고, 높이는 깊이와 같아지고, 지옥은 지극히 권태로운 곳이 될 거라. 천국과 뫼비우스의 띠로 이어져 있을 거라. 너무 좋아서 차마 다 들을 수 없는 곡을 들을 때, 듣다가 꺼버릴 때, 우리는 우리가 지옥에서 돌아왔는지, 천국에서 쫓겨났는지 분간할 수 없고, 혹은 유일하게 진짜인 우리의 삶으로부터 지옥이며 천국인 이곳으로 돌아왔는지 알 수 없는 거라. 너무 좋아서 견딜 수 없는 곡은 하나의 지극한 生. 누구의 것도 아닌, 하지만 귀 기울일 때에는 온전히 자기 자신인 지독한 生. 우리는 전생으로 나아간다. 혹은 사후로 돌아간다. 혹은 전생이며 사후인 어떤 이방에서 귀환한다. 뜨거운 돌을 쥐고. 모든 일은 지금 일어난다.

—「간밤, 안개 구간을 지날 때」 전문

예술의 고유성은 부정성의 정신에 기인한다. 그 어떤 작위적 구분도, 자명하다는 이분법도, 모두 물려낸 상태에로의 도달은 "하나의 지극한 生" "누구의 것도 아닌, 하지만 귀 기울일 때에는 온전히 자기 자신인 지독한 生"을 체험하게 한다. 예술은 관리되는 사회 속에서 관리를 위한 그 어떤 기능도 수행하지 않음으로써, 사회와 기능으로 연결될 수 있는 단순한 고리를 부정하는 일에 착수한다. 예술은 도구적 이성으로부터 벗어나 현실의 요소들, 온갖 분류와 구분, 도그마와 통념을, "노래 속에만 있을 것"을 그러모으는 부정성의 정신을 통해 화해의 빛 속에 재배치한다. 예술이 특수성 속에서 전체를 담아내고, 그렇게 함으로써 개별적으로 존재하는 모든 존재나 사물들이 그것의 존재 가치를 인정받도록 하는 것이라면, 예술의 이러한 인식론적 특성은 대상을 규정하고 지배하려는 개념적 인식에 대해 스스로를 성찰할 수 있는 기회를 제공하는 일도 마다하지 않는다. 그 중심에는 의심하는 행위가 자리한다.

과녁 없이 조준점만 난무하는 곳에서
죽을 방법의 다양성과
두루 평등한 고난과
이상을 잊은 자유와

잠든 시간에 몰래 가동하는 몹쓸

차가운 거울

속으로

나는 밤을 뒤집어본다 그것은

구멍 난 양말을 그 구멍으로 뒤집는 것처럼

어쩐지 잔인한 일

뒤집힌 밤은

소리도 고통도 없는데

누군가 거울 밖에서

망치질을 하고 있다

―「무연고無緣故」부분

　이성의 잠이 괴물을 낳는 것일까? 카타콤에서 하늘
을 올려다보며 우연히 눈에 들어오는, 곧 사라질 서광
이 아니라, 평화로운 일상, 모든 것이 완벽한 세계, 합리
적인 논리로 뒤발한 이 사회에서 간혹 듣게 되는 저 기
이한 목소리는 대체 무엇인가. 근대적인 공간의 전근대
적인 것들, 이성적인 사회에 번져 있는 야만의 무늬들,
눈부시도록 포스트모던한 곳에서 자행되는 식민지적
인 사유나 행태 들, 진보주의와 수정주의와 개량주의와
모든 이즘ism들이 각각의 깃발을 들고 골고다를 향하
는 것은 아닌가. 유토피아를 향한 동상이몽과 동상이몽

속의 터무니없는 이상에 관해, 이성의 거울에 비친 자신을 바라보며 나르시시즘에 빠진 원숭이들과 인간을 행복하게 만들 계획이라곤 애초에 없었던 창조자에 관해. 추악한 욕망의 지배를 받고, 타자의 욕망을 지배하고, 공동체의 욕망을 통해 창조자의 지위를 참칭할 수 있다고 신봉하는 모든 사이비 권력과 그 배후에 자리한 리비도의 논리와, 러시아 정점주의와 폴란드 재난주의와 프랑스 구조주의와 다다이즘과 데카당티즘과 표현주의와 세기말주의와 전체주의와 자연주의와 결정주의와 사회주의와 순수주의와 감각주의와 절대주의와 종합주의와 일체주의와 자유주의와도 같은 것들이 뒤엉켜, '사실임 직한 것'과 '사실'이 하나로 포개어지고, 진보와 퇴행이 뒤섞이고, 비평과 논쟁이 혼동되고, 끊임없이 당도할 수 있다고 믿을 수 있는, 추측이 가능하고 도래가 확정적이라 자신하는 사이비 신학으로 가득한 세계에서, 우리가 할 수 있는 최대치의 사유는 모든 것들을 의심의 대상으로 전환하는 것이다. 결과를 미리 알 수 없는 내기로서의 의심은 시대의 필연적 요청에 부응하는 물음들로 세계를 횡단한다.

정한아의 시집을 읽다 보면 구멍이 훅 뚫리는 느낌을 받는다. 그는 지금 여기, 지구라는 병조림 같은 곳에, 죽음의 형식으로 다가오는 모든 것들을 사유하는 시, 희망찬 현재 역시 언젠가 먼지와도 같은 순간이 될 것이

라는 사실을 직시하는 시, 온갖 이념, 도덕, 안부 들의
저 취약한 속성을 외면하지 않는 시, 확신을 물릴 수밖
에 없는 사유들과 그 사유들의 단단함과 정확함, 보편
성의 이름으로 제 무릎을 덮고 있는 존재들과 정면으
로 마주하여 불멸의 신화와 정의의 언어들에 신기루의
공포를 흩뿌리는 시, 사후적 구성과 평가와 반성을 지
금 – 여기에 끌어다가 부동의 현재를 비판하고, 결론과
확신을 다시 연장하거나 최소한 유보하는 시, 오로지
이와 같은 사유의 운동으로 가슴 왼편에 볼셰비키의 표
식을 잠시 달고 도로 떼는 시를 우리 앞에 펼쳐놓았다.
그는 허구와 이론을 몰아내기 위해, 최소한의 비유를
허용하는 시, 가상을 지워내는 데 전념하는 시, 수식을
떨쳐내고 최대한 불량해지는 데 집중하는 시, 관찰도
믿지 않는, 어느 순간, 모든 것을 회의하는, 그리하여 자
기조차 심문하는, 그렇게 의식 전반을 까발리고, 통념을
뒤집어놓고, 현실도 현실이 아닐 수 있음을, 자아도 자
아가 아닐 수 있음을, 그 사유의 과정과 함께 적나라하
게 연관 지으려 부린 말의 경제성에서 '시적인 것' '아
름다운 것' '정치적인 것'의 일모를 드러내는 시, 그러
니까 '아름다움' '정치'가 아니라 형용사를 실사화한 말
로만 표현될 수 있는 무언가를 마치 외과 수술의가 메
스를 집어 들어 집도하듯, 잘라내고, 꿰고, 문지르고, 봉
합하고, 그러나 이내 상처가 터지고 말 것이라는 사실

조차 의식하는 시, 오로지 그와 같은 상태를 적시하여 가능한 한 '시적인 것'의 실천을 도모하는 시를 우리 앞에 펼쳐놓았다.

그에게 부정성은 실행의 연습이며, 해방의 기도라기보다 탐구다. 물음을 결론지으려 하지 않는 무의식의 감성이며, 회의론으로 도망하지 않고 끝까지 추구해나가는 사유의 힘이자, 항상 고민하는 이성이다. 그것은 역사를 결정하는 합목적성의 탐색을 단념하여 쏘아올린, 추상에 대한 리얼리티의 승리라고 부를 수 있을 것이다. 부정의 양상을, 의문과 물음을 통해 끊임없이 마주하고 또 그 면모를 드러내는 일은, 목적을 지닌 일체의 접근이 규명할 수 없는 부분들로 늘 달음질친다. 내재하는 삶이자 구체적인 삶이라고 우리가 부를 이 부분들은 그 자체로 인식을 확장하고 사유를 넓혀낼 가능성이기조차 하다. 부정성은 그 자체로 삶의 주관성의 영역에 발을 디디고 있는 온갖 가능성과 잠재성을 백지 위로 불러 모으는 행위이며, 문자가, 낱말이, 문장이 내딛기 이전에는 존재하지 않았던 미지의 표정을 어루만지며, 의심과 부정, 물음이 삶의 한 방식이라는 사실을 우리에게 알려준다. 우리는 부정성의 사유를 촉구하며 감수성이 가득한 언어로 우리를 끊임없이 물음과 경이의 세계 앞에 데려다 놓는 '지식인' 시인의 진정한 탄생을 보게 될 것이다. ▨